Silvia Hein

Die Bärenalte

Landschaften
der Seele

Märchen
Geschichten
Gedichte und Zeichnungen

Bibliografische Information der Deutschen Nationalbibliothek:
Die Deutsche Nationalbibliothek verzeichnet diese Publikation in der
Deutschen Nationalbibliografie; detaillierte bibliografische Daten sind im
Internet über dnb.dnb.de abrufbar.

© 2017 Silvia Hein „Die Bärenalte" – Landschaften der Seele
Herstellung und Verlag BoD – Books on Demand, Norderstedt

Covergestaltung:
Christina Riecken, Dießen, nach einem Entwurf von Silvia Hein

ISBN 9783744815529

zugleich im BoD-Verlag erschienen:
© 2017 Silvia Hein „Das Schlangentor" – Wandlungen

Dieses Buch widme ich meiner Seelen-Führerin, der Bärenalten, und meinem inneren Kind.

Ich hatte es ihm nicht leicht gemacht. Viele Jahre wollte ich nichts von ihm wissen. Und dann, als ich endlich bereit war, mich mit ihm zu befassen, hat es mir nicht mehr getraut. Hat sich versteckt, sich mir entzogen. Doch langsam bin ich ihm näher gekommen, habe seine Ängste und Verletzungen ernst genommen – nicht mehr mit dem erwachsenen „ist-ja-nicht-so-schlimm" abgetan. Ich habe ihm einfach zugehört…

Eine neue Welt hat sich da für mich aufgetan – und das habe ich meiner Bärenalten zu verdanken. Ihr meinen großen Respekt und Dank an dieser Stelle! Wie mein inneres Kind ist sie in meiner Innenwelt genauso real wie meine Weggefährtinnen, meine Freundinnen und Freunde, meine Lehrerinnen und Lehrer im Außen.

Deshalb auch ein dickes Dankeschön an euch alle, die ihr mich auf meiner Lebensreise begleitet – und begleitet habt. Durch euch, durch eure Resonanz, durch eure Augen, die mir Spiegel waren und sind, bin ich die geworden, als die ich gedacht war. Meinen Dank an euch, die ihr mich herausgefordert habt ebenso, wie an alle, die mich in schwierigen Situationen gehalten und durch all meine Umbrüche hindurch, zu mir gehalten haben. Auch an euch, die ihr mich auf Ab- und Umwegen aufgespürt und wachgerüttelt habt. Einfach DANKE!

Dank auch an meine Tochter Sabine, die mir mit ihrem kritischen Blick und gestalterischem Know How bei der Erstellung dieses Buches zur Seite stand.

Inhaltsverzeichnis

Der Seele folgen

Wenn ich in deinen Nachen steige,
weiß ich noch nicht,
wohin du mich führst.
Der weiße Nebel
verbirgt meinem Blick
was du lange schon weißt.

Über lautlosem Wasser
klingt dein Lied und
führt mein Bewusstsein
tiefer und tiefer.
Räume öffnen sich mir
– unbekannt
   und doch so vertraut.

Ich dehne mich aus,
werde weit und weiter,
dann bin ich du,
dein Atem, dein Lied

- die Quelle
   das SEIN

Vorneweg:

Die Bärenalte

Den Weg zu ihrer Höhle finde ich nur im Dunkeln, mit geschlossenen Augen. Als ich ihn mir einprägen wollte, hatte ich mich schon verirrt. Manchmal hat sie mich auch abgeholt, wann und warum, habe ich nie herausgefunden – es gab kein verlässliches Muster, nichts woran ich mich hätte halten können.

Der Weg zu ihr führt über taunasses Gras bis zur Schlucht und durch diese hindurch einen Bachlauf entlang. Zwischen mächtigen Buchen und großen Steinblöcken komme ich mir winzig vor. Feuchtes Moos und Erdgeruch leiten mich, sowie der an- und abschwellenden Gesang des Baches zu meiner Rechten. Bevor man zu ihrer Höhle kommt, weitet sich die Schlucht zu einem Becken, in das sich ein sanfter Wasserfall ergießt. Meist wartet sie schon auf mich, am Feuer. Mit wachen Augen mustert sie mich und weiß schon, warum ich gekommen bin. Sie spricht nicht – oder nur ganz wenig. Kurze Sätze, mit denen sie die Dinge auf den Punkt bringt oder auf den Kopf stellt. Dinge, die mich belasten oder verunsichern oder mir sonst wie Schwierigkeiten bereiten. Dann nimmt sie mich wortlos an der Hand und führt mich dorthin, wo ich wichtige Erfahrungen machen kann oder wo heilsame Begegnungen stattfinden, die ich mit offenen Augen wahrscheinlich gemieden hätte. Sie führt mich als Alte – oder als Bärin, oder als beides, dann fluktuiert ihre Gestalt, vor mir oder an meiner Seite. Ich nenne sie Bärenalte und sie hat nichts dagegen.

Einmal, ganz am Anfang unserer Begegnung, als mir die Sicherheit des Wissens noch wichtig war, fragte ich sie, wer sie nun sei – ein Mensch, der sich in eine Bärin verwandeln, oder eine Bärin, die sich in einen Menschen verwandeln kann.

Plötzlich war sie verschwunden und ließ mich in einer Steinwüste zurück, verwirrt und beschämt.

Lange Zeit fand ich den Weg zu ihrer Höhle nicht mehr – und als ich ihn dann doch gefunden hatte, war die Höhle leer, seltsam leer. Einer Eingebung folgend blieb ich in dieser Leere – wie lange? Ich weiß es nicht, die Zeit stand still. Ich löste mich langsam auf. Und da stand sie plötzlich vor mir, mit einem verschmitzten Lächeln im Gesicht. Sie zündete das Feuer an und begann zu singen. Erst leise, dann immer lauter, bis schließlich die ganze Höhle und mein ganzes Sein vibrierte. Es war kein melodisches Lied – es war die Erde, die gesungen hatte, Töne und Silben, die ich so noch nie vernommen hatte. Ich fing an, um das Feuer zu tanzen, immer schneller, immer ekstatischer, bis ich schließlich im Feuer selbst tanzte – und die Bärenalte tanzte an meiner Seite. Wir waren nackt und unsere Augen leuchteten. Ich tanzte, bis ich zu einem Häufchen Asche zusammenfiel. Der Wind trug mich fort, zerstreute das, was von mir noch übrig war in alle Richtungen.

Die Tage danach war ich unfähig den Alltag zu leben. Ich meldete mich krank und zog mich drei Tage lang in den Wald zurück. Dort fand ich einen offenen Bauwagen, den Holzarbeiter wohl vergessen hatten abzuschließen. Es war September – meine magische Zeit. Mit meiner ganzen Aufgelöstheit saß ich unter den Bäumen und spürte, wie sie mit ihren Blättern auch den Sommer losließen, das Leben. Wie sie sich sanft in ein Sterben wiegten – und ich starb mit ihnen, ganz sanft, ganz behutsam. Ließ alles hinter mir, was mein Leben bis dahin ausgemacht hatte.

... Bis der Herbststurm losbrach und mich aufrüttelte. Ich ließ mich mitreißen – rannte, schrie, taumelte und fiel. Lag auf dem kalten Boden, roch das Herbstlaub, roch die feuchte Erde und sank in sie hinein, immer tiefer und tiefer – und die Bärenalte war an meiner Seite! Als Bärin. Sie nahm mich mit in ihre Höhle, zum Winterschlaf und setzte alles wieder behutsam zusammen, was noch zu mir gehörte – es war nicht mehr viel. Dann wiegte sie mich in ihrem zottigen Schoß und brummte etwas, das sich anhörte wie: „Die Angst vor dem Tod ist die Angst vor dem Leben, wer nicht sterben kann, kann auch nicht leben…". Ich habe seither keine Angst mehr vor dem Tod. Wachse immer mehr in mein Leben hinein. Und wenn es schmerzt, das Leben – oder wenn mich eine andere Angst umtreibt, finde ich den Weg zu ihrer Höhle, zur Bärenalten … und sie weiß schon … und lächelt … und nimmt mich an der Hand, führt mich ins Zentrum meines Schmerzes, in den Mittelpunkt meiner Angst – und ich folge ihr in tiefstem Vertrauen, folge ihr und weiß …

Auch in meiner therapeutischen Arbeit ist sie da, aber nur dann, wenn sie wirklich gebraucht wird. Wenn ich allein nicht mehr weiter weiß, wenn ich mich vielleicht zu sehr in die Problematik der Hilfesuchenden verstrickt habe. Plötzlich fühle ich die Bärenalte hinter mir und überlasse ihr gerne die Führung. Sie sagt mir, wenn ich zu sehr will… wenn ich krampfhaft nach einer Lösung suche, weil ich doch so gerne helfen würde, oder weil ich Erwartungen, bzw. vermeintlichen Erwartungen genügen will. Aber so funktioniert das nicht. Wenn ich den Bildern der Seele folgen will, muss ich alle Vorstellungen, alles bewusste Wollen aufgeben. Nicht ich kenne den Weg aus der Krise, denn das Ich hat eine zu eingeschränkte Sicht auf die Dinge. Aber jeder von uns hat ein tiefes intuitives Wissen darüber, was es braucht, um wieder in ein seelisch-physische Gleichgewicht zu kommen, oder welche Veränderungen anstehen, die wir (noch) nicht angehen wollen. Oft ist dieses Wissen verschüttet, manchmal vertrauen wir dieser inneren Stimme nicht. Wir alle aber haben Seelen-Begleiter, Seelen-Führer, in welcher Gestalt sie sich auch immer zeigen mögen, wenn wir ihnen z.B. in schamanischen- oder Trancereisen begegnen. In vielen Stammeskulturen sind sie ein genauso natürlicher Bestandteil des Alltags, wie bei uns die Pillen und Tabletten. Nur diese haben Nebenwirkungen, oder unerwünschte Wirkungen wie es jetzt heißt, wenn der Körper unliebsam auf die Chemie reagiert. Vertrauen wir uns den Seelen-Begleitern, Seelen-Führern, oder einfach der inneren Stimme an, gibt es auch „Neben"-Wirkungen, aber andere: z.B.

den so lange verdrängten Schmerz plötzlich spüren – oder andere unliebsame Gefühle, was sehr heilsam sein kann. Oder aushalten müssen, dass man nicht mehr weiß, wer man ist, weil man so lange gegen sich und seine Eigen-Art gelebt hat, und einem langsam klar wird, dass man etwas ändern muss.

Es kann ganz schön aufrüttelnd sein, aber auch sehr ergreifend, sich dieser inneren Anteile bewusst zu werden und sich ihnen anzuvertrauen.

Ich habe nie bereut, meiner Seelen-Führerin, der Bärenalten begegnet zu sein. Mein Leben ist so reich, so tief geworden mit ihr. Manchmal suche ich sie nur auf, um ihr meine große Dankbarkeit zu zeigen. Dann lächelt sie verschmitzt, macht eine zottige Bemerkung oder etwas total Verrücktes und wir fallen uns in die Arme und lachen, lachen, lachen.

Transformation

Ich falle…
falle…
falle aus allem
was mir bisher
Rahmen war
und Identifikation.
Namenlos
falle ich aus allem
was immer schon
benannt war!

Ich tauche ein
in das Ungeboren-Geboren-Sein
in das Unsagbar-Gesagte
in das Unvollendet-Vollendete
in die Schöpfung
in mein Sein!

Ich falle…
falle…
falle tief in den Abgrund
des Mensch-Seins
falle…
falle durch tausend Facetten
bodenlos
in mich!

Einleitung

Das Besondere der Märchen:

Märchen waren nie Kindergeschichten – auch wenn sie sich aufgrund ihrer Struktur gut für Kinder eignen, noch sind sie Lügengeschichten und auch keine Phantasiegeschichten. Märchen sind keine Abbilder der Wirklichkeit – aber Bilder für die Erfahrung von Wirklichkeit. Sie beschreiben in bildhafter, assoziativer Sprache Grundthemen unseres Menschseins. Die Handlungsträger dieser Geschichten sind Archetypen – ein Begriff, den C.G. Jung geprägt und sie als Urbilder der Seele bezeichnet hat. Man kann sie sich – ähnlich wie die Gene im körperlichen – als formgebende Strukturen im psychischen Bereich vorstellen. Es gibt z.B. UR-Bilder des Männlichen und des Weiblichen, des Instinkthaften und des Göttlichen in uns – in allen Schattierungen. Jede Epoche erlebt diese Ur-Bilder auf ihre spezielle Art und Weise und formt sie entsprechend aus. Durch die jahrtausendlange mündliche Überlieferung hat sich in den Märchen das Allgemeingültige, das Zeitlose menschlicher Erfahrung heraus geschliffen. Und diejenigen, die neue Märchen schreiben, weben an diesem archetypischen Teppich weiter, und bringen neue Muster hinein.

Ein Beispiel der Allgemeingültigkeit ist das Märchen vom süßen Brei. Es ist heute noch genauso gültig wie vor, sagen wir 300 Jahren. Damals hat man sicher etwas anderes herausgehört, als heute. Aber das Märchen passt so genau auf unsere Zeit, als wäre es dafür erzählt worden. Dieser Brei, der überkocht, das Haus, die Straße, das ganze Dorf unter sich begräbt, „als wollte er die ganze Welt satt machen, und war doch die größte Not" – ist ein schönes Bild für die Überproduktion der westlichen und westlich orientierten Welt. Es wird produziert und produziert, die Kaufhäuser quellen über, die Müllberge ebenso – und es herrscht trotzdem die größte Not, weil diese Überproduktion nicht satt macht, im Gegenteil, der größte Teil der Weltbevölkerung hungert, und die Umwelt wird zerstört durch diesen unmäßigen Rohstoffhunger der Industrienationen. „Töpfchen koch!" heißt es im Märchen, wenn sich Mutter und Tochter sattessen wollen. Und es kocht süßen Hirsebrei. Doch einmal, als die Tochter weg war und die Mutter das Töpfchen zum Kochen bringt, weiß sie nicht mehr, was sie sagen muss, damit es aufhört zu kochen. Und so kocht es weiter und immer weiter. Ist das nicht ein passendes Bild für unsere Zeit, für Wirtschaftswachstum um jeden Preis! (Auch Krebs ist ein Zellwachstum um jeden Preis!) Wir kennen das Wort nicht mehr – haben vergessen dass es heißt: **genug!** – „Töpfchen steh"!

Das Mädchen kehrt schließlich zurück: d.h. wir erinnern uns wieder! Es kommt das Wort Nachhaltigkeit ins Spiel. Wir wissen, dass es so nicht mehr weitergehen kann, dass es genug ist, dass ein Umdenken stattfinden muss, wollen wir aus dem zähen Brei süßer Wohlstandsverwahrlosung herauskommen, der die Umwelt verschmutzt und zerstört, und die Menschen zu „Verbrauchern" degradiert.
So erzählt uns das Märchen vom süßen Brei eine topaktuelle Geschichte und zeigt uns den Weg aus der Krise – ohne erhobenen Zeigefinger.

Märchen sind (wie übrigens auch die Träume) bildhaft zu verstehen. Sie tauchen aus den Tiefen unseres Unbewussten auf und klopfen an die Tür unseres Alltags-Bewusstseins, damit wir aufhorchen, damit wir eine zu einseitige Schau der Dinge überdenken – sie vielleicht nicht nur durch die Verstandes-Brille betrachten sollen. Da sie die emotionale und intuitiv-assoziative Ebene ansprechen, sind sie ein gesunder Ausgleich zu unserer Verstandesorientiertheit. Sie helfen uns das Leben ganzheitlicher zu betrachten und zu gestalten, denn Bilder sind nie eindeutig. Sie sind vielschichtig und mehrdeutig und lassen immer wieder neue Aspekte und Sichtweisen zu, wenn wir uns darauf einlassen.

Wollen wir in Zukunft den Anforderungen einer sich rasant ändernden Umwelt genügen, müssen wir flexibel und fähig sein, uns darauf einzustellen. Kreativität ist gefragt, auf allen Ebenen: im persönlichen, beruflichen, geschäftlichen und gesellschaftlichen Bereich. Und um unsere Kreativität zu entwickeln, braucht es die „Förderung" der rechten Genhirnhemisphäre, braucht es das sich-wieder-Besinnen auf unsere anderen Fähigkeiten, wie Intuition, Imagination und Phantasie; braucht es das Eintauchen in die innere Bilderwelt, die umso reichhaltiger wird, je mehr Möglichkeiten wir ihr geben, zu wachsen und sich zu entfalten. Das Erfassen von Zusammenhängen, das in der rechten Gehirnhälfte angesiedelt ist, wird auch im persönlichen Bereich notwendiger denn je und hat in Wissenschaft und Ökologie schon Einzug gehalten. Systemisches Denken gewinnt immer mehr an Boden in den unterschiedlichsten Bereichen.

Noch nie war der einzelne Mensch so gefordert sein Potential zu entwickeln und noch nie hatte er solche Möglichkeiten dazu. Doch haben wir alle unsere Prägungen und diese verhindern oft das Sich-Einlassen auf dieses Potential und vor allem das Sich-Einlassen auf diese innere Ebene.

Unsere Innenwelt – was ist das?

Alles was unsere Persönlichkeit ausmacht: unser Ideen, Gedanken, Vorstellungen, Einstellungen, Glaubenssätze, unsere Vorlieben, Vor-, Be- und Verurteilungen, unsere Abneigungen, Ablehnungen, Annahmen, unsere Weltanschauung und die ganze Bandbreite der Gefühlswelt.

Zur Innenwelt gehörig ist unser Anschauungsvermögen, unsere Vorstellungskraft, unsere Imaginationskraft, die Phantasie. Es ist unsere Fähigkeit innere Bilder zu produzieren, dem Aufgenommenen einen Bedeutungsinhalt zu geben und das was uns be-ein-druckt wieder aus-zu-drücken. Das beschränkt sich nicht allein auf künstlerische Ausdrucksmöglichkeiten. Auch um Probleme zu erkennen und

Lösungen zu finden brauchen wir unsere Vorstellungskraft, unsere Kreativität, der logische Verstand allein genügt nicht.

Solange wir noch Kinder sind – noch vor der „Verschulung" – gibt es für uns noch keine Unterscheidung von Innen- und Außenwelt, beides wird als „eine Welt" empfunden. Das Kind nimmt die Innenwelt als genauso real wahr, wie die Außenwelt. Es bewegt sich in beiden Welten gleich sicher und weiß immer, wo es sich gerade befindet. Erst die Beurteilung und die Konditionierung durch die Erwachsenen führt beim Kind langsam zur Adaption deren Meinung und zur Spaltung von Innen und Außen, ebenso zur Bewertung: Außen ist gleich real und wahr, Innen ist gleich irreal und unwahr, zumindest mit Skepsis zu begegnen. Die Hochzeit in den Märchen kann u.a. auch bedeuten, dass wir beides in uns wieder vereinen, als gleichwertig und gleich real anerkennen – und so wieder zur Ganzheit finden.

Die „Weltenschau", wie sie im Altertum in Mythen und Philosophien überliefert wurde, können wir heute im Außen anhand der Elektronenmikroskope und Riesenteleskope nur bestätigen. Das alte Wissen: „Wie im Kleinen, so im Großen", „Wie Innen, so Außen", das Wissen darum, dass in einem Sandkorn das ganze Universum enthalten ist und im Samen schon der ganze Baum. Mit dem Riesenteleskop blicken wir ins All und entdecken, dass die kleinen Lichtpunkte am Himmel ganze Galaxien sind. Mit dem Elektronenmikroskop entdecken wir, dass jedes Staubkorn ein Universum von Molekülen, Atomen, Quarks und Quants ist. Je weiter wir in den Makro- und Mikrokosmos blicken, desto mehr erkennen wir die gleichen Strukturen. Der berühmte Chemiker Kekulé sah z.B. in einem Traum die ihm bis dahin rätselhafte Struktur des Benzols als eine Schlange, die sich in den Schwanz beißt – die Molekularstruktur des Benzols ist ein Ring. Überhaupt galt und gilt die Schlange bei indigenen Völkern als heilig und als Schöpferin allen Lebens. Und der Urbaustein – die Essenz allen Lebens ist eine Schlange, eigentlich sind es zwei Schlangen: die Doppelhelix der DNS. Zwei Schlangen, die sich umeinander wickeln, wie sie in vielen Darstellungen der Urvölker gezeigt wird. Nach ihrem Bauplan entsteht die kleinste Mikrobe ebenso wie das größte Säugetier und der Mensch. Sie ist sozusagen die Schöpferin des Lebens. Mythen und Märchen sind also keine primitive Art, die Welt zu sehen, sondern eine hochkomplexe Schau. Was unsere Sprache in ihrer Linearität nur unzureichend beschreiben kann, vermag die Bildersprache in ihrer Komplexität.

Und es gibt noch eine Analogie: In unserem alltäglichen Sein nehmen wir nur ein begrenztes Umfeld war, wissen aber um die Existenz des weiteren Umfeldes: der Stadt in der wir leben, des Landes, Staates, Kontinents, bis hin zum Wissen über unseren Planeten, seinen Platz in unserem Sonnensystem und der Galaxie, in dem sich dieses befindet. Wir wissen um unendlich viele Galaxien in einem unendlichen Universum und dass es vielleicht noch viele andere Universen gibt.
Auch von unserer Innenwelt nehmen wir bewusst nur einen winzigen Bereich wahr, wissen aber, dass es noch die weiten Bereiche des Unterbewusstseins gibt, die Tiefen des Unbewussten, bis hin zur Unfassbarkeit unserer Seele. Und so wenig wir die Unendlichkeit des Universums wirklich begreifen können, trotz Riesentele-skopen und Quantenphysik, so wenig können wir die Unendlichkeit unserer Seele erfassen.

Wenn wir nun im Außen all die unterschiedlichsten Landschaften sehen, die Berge und Täler, die Flüsse und Wälder, die Wüsten und Meere und die ganze Artenvielfalt von Pflanzen und Tieren, so finden wir diese Landschaften auch in unserem Innen, in unserer Seele wieder und die unterschiedlichsten Wesen, die diese bewohnen. Wir bereisen sie in unseren Träumen oder in Trancereisen, wir bereisen sie, wenn wir Bücher lesen oder Märchen erzählt bekommen. Selbst in Gebieten, in denen es keine Wälder gibt, träumen die Menschen von Wäldern, träumen von Meeren, ohne je ein Meer gesehen zu haben – denn unsere

Traumbilder kommen aus einer archetypischen Ebene, werden aus den Tiefen des kollektiven Unbewussten genährt. Nur in unserer Kultur tun wir so, als gäbe es die Landschaften und verschiedenen Geschöpfe nur im Außen.

Wenn wir nach Innen blicken, schauen wir in die Tiefen des Alls, oder in die Bodenlosigkeit des Meeres und das kann Angst machen – oder zu einem wunderbaren Tauchgang inspirieren! Bitte tauchen Sie ab!

Silvia Hein

Klangreise
mit Trommel und Didgeridoo

Braunrot atmet die Erde
mit ihrem Geruch
aus Zeder und Gras
stampfende Hufe
die überall sind
und wildes Geheul
tief aus meinem Bauch!

Eine Herde Dinosaurier dann
auf der Suche nach frischem Grün
baumhoch vor der
schweigenden Kette
schneebedeckter Berge.

Der Regen
wäscht alles weg
und tief tauche ich ein
zu meinen Schwestern
den Delphinen und Walen.

Bärenhöhle

Die Weberin der Zeit

Am Eingang zur Welt sitzen drei uralte Weiblein. Eine ist weiß-, die andere rot- und die dritte schwarz gekleidet. Die Weiße spinnt den Lebensfaden, die Rote spult ihn auf und die Schwarze schneidet den Faden ab, wenn die Spule voll ist und legt sie in einen Korb zu ihrer Linken, und wenn der Korb voll ist, holt diesen die Hüterin der Zeit und bringt ihn der Weberin. Diese webt aus all den bunten Lebensfäden der Menschen einen Zeitteppich und wenn dieser fertig ist, ist auch ein Zeitalter der Menschen zu Ende und wenn sie einen neuen zu weben beginnt, fängt für uns auch ein neues Zeitalter an.

Heute weiß keiner mehr weder von den drei Spinnerinnen, noch von der Hüterin, geschweige denn von der Weberin der Zeit. Die Zeit ist zur Ware geworden, die man für Geld eintauscht und von der die Menschen immer viel zu wenig haben. Die Zeitarmut greift um sich wie eine schwere ansteckende Krankheit. Und ... wer kennt noch den Eingang zur Welt?

Einst lebte ein armes Mädchen mit seiner Mutter am Rande einer großen Stadt in der Nähe eines Waldes. Sie lebten in einer kleinen Wohnung in den billigen Wohnblocks, die für die Armen dort errichtet wurden und in ihrer Trostlosigkeit die Bitternis der Armut unterstrichen. Oft genug geschah es, dass die Mutter nachts weinend in der Küche saß und nicht wusste, was sie am nächsten Tag in den Kochtopf tun sollte.

Einmal war das Mädchen, das gerade vierzehn Jahre alt geworden war, wie schon so oft in den nahen Wald gegangen, um dort, Pilze und Beeren zu sammeln. Früher hatte die Mutter es immer mitgenommen, inzwischen kannte das Mädchen selbst alle Plätze, an denen welche zu finden waren. An diesem Tag aber konnte es weder Pilze noch Beeren finden, und die wenigen Beeren, die es fand, waren noch grün und sauer. So geriet das Mädchen auf seiner Suche immer tiefer in den Wald hinein. Langsam aber wurde ihm ganz seltsam zumute und als es sich umschaute, da kannte sich das Mädchen nicht mehr aus. Das war nicht mehr der vertraute Wald, dieser hier war ihr fremd und etwas unheimlich. Die Bäume waren uralt und mit langen grauen Flechten behangen, die wie Bärte aussahen, Bäume und Buschwerk waren seltsam gekrümmt und verbogen, das Moos dazwischen ein dicker grüner Teppich, aus dem zarte Nebelschleier aufstiegen. Ein Zwielicht lag über dem Ganzen und eine Stille, dass das Mädchen sein Herz schlagen hörte. Und als es noch zu dunkeln begann, wusste das Mädchen, dass es aus diesem Wald nicht mehr so schnell herausfinden würde.

Und während die Vierzehnjährige noch überlegte, wo und wie sie wohl die Nacht verbringen sollte, sah sie plötzlich in der Ferne zwischen den Bäumen einen flackernden Lichtschein. „Das muss ein Feuer sein!" dachte sie voller Freude, „und wo Feuer ist, da sind bestimmt auch Menschen." Doch sogleich verflog die Freude wieder und sie fragte sich ängstlich. „Wenn das nun Räuber oder andere dunkle Gestalten sind?" und war sich nicht mehr sicher, ob sie dort überhaupt hingehen sollte. Doch das Feuer lockte, und so schlich sich das Mädchen näher heran und spähte vorsichtig durch die Zweige. Da war seine ganze Angst verflogen, denn an dem Feuer, vor einer großen Höhle, saßen drei uralte Weiblein. Die eine war weiß-, die andere rot- und die dritte schwarz gekleidet. Sie waren auf eine sehr seltsame, altertümliche Art gekleidet, wie das Mädchen es noch nirgends gesehen hatte. Die Weiße spann einen Faden, die Rote wickelte ihn auf eine Spule, die Schwarze schnitt den Faden ab, wenn die Spule voll war und legte diese in einen Korb zu ihrer Linken. Dann nahm die Rote eine neue Spule und wickelte den Faden wieder auf. Unermüdlich waren die drei an der Arbeit und sahen kein einziges Mal hoch.

Da hörte das Mädchen, wie die Weiße vor sich hinsprach: „Sie ist gekommen!" „Und hat eine Frage an uns", brummelte die Rote und die Schwarze meinte beiläufig: „Sie wird es erfahren!"

Das Mädchen trat nun hinter dem Strauchwerk hervor und ging zu den drei alten Weiblein hin. Auch jetzt sahen die drei nicht von ihrer Arbeit auf und die Weiße sprach: „Bist zur rechten Zeit gekommen …" Und die Rote: „Hast wohl eine Frage auf dem Herzen …" Und die Schwarze: „Aber vergeude deine Frage nicht, bekommst nur eine Antwort auf diese eine Frage…"

Verwirrt und unsicher stand die Vierzehnjährige vor den drei Alten und wusste nicht, was sie von diesen Reden halten sollte. Die Drei schienen sie nicht weiter zu beachten und das verunsicherte sie noch mehr. Und überhaupt, was für eine Frage sollte sie auf dem Herzen haben? Die einzigen beiden Fragen, die sie im Moment bewegten waren, ob sie sich mit ans Feuer setzen und die Nacht über bleiben durfte und ob sie ihr dann am nächsten Morgen den Weg aus diesem seltsamen Wald zeigen könnten. Aber das waren bestimmt nicht die Fragen, von denen hier die Rede war. Und da sie nicht wusste, was sie sagen oder fragen sollte, setzte sie sich erst einmal schweigend in die Nähe des Feuers, denn ihr wurde langsam kalt. Gerne hätte sie die Drei auch gefragt, was sie da täten – aber es lag ein so dichtes Schweigen in der Luft, dass das Mädchen fast den Atem anhielt und es nicht wagte dieses Schweigen zu brechen. Dann musste sie wohl eingeschlafen sein, denn als sie erwachte, war es bereits Tag. Sie lag in der Höhle, vor der die drei Alten gesessen hatten und war in warme Decken gehüllt. Sie fühlte sich erfrischt und überhaupt nicht hungrig, obwohl sie schon seit langem nichts mehr gegessen hatte.

Sie trat vor die Höhle und sah vor sich eine weite Landschaft. „Seltsam", dachte das Mädchen, „vor der Höhle war doch ein Wald, das geht hier nicht mit rechten Dingen zu!" Und wo waren die drei Alten? So sehr sie sich auch umschaute, von den Weiblein fehlte jede Spur. „Vielleicht habe ich das alles nur geträumt", dachte sie weiter und erinnerte sich plötzlich an das, was die drei gesagt hatten. Sie wäre mit einer Frage gekommen, die sie auf dem Herzen hätte und bekäme auch nur eine

Antwort auf diese eine Frage. Und während sie so vor der Höhle saß, in die weite Landschaft hinaussah und darüber nachdachte, da formte sich in ihrem Herzen wirklich eine Frage und sie verspürte das Bedürfnis, sie laut auszusprechen: „Wer bin ich …?" Eigentlich wollte sie fragen, „wo bin ich", aber es war ganz deutlich zu spüren, dass es richtig hieß „wer bin ich" – auch wenn sie darüber sehr erstaunt war, denn diese Frage hatte sie sich wirklich noch nie gestellt. Und während diese Frage in ihr nachklang wie ein immer leiser werdendes Echo, veränderte sich die Landschaft vor ihr.

Sie blickte nun in ein weites, fruchtbares Tal, umrahmt von schneebedeckten Bergen. Ein Weg führte durch dieses Tal einen Bachlauf entlang und auf diesem Weg ging ein Mädchen. Und je länger die Vierzehnjährige hinsah, desto vertrauter kam ihr das Mädchen vor. Und wie sie das von manchen ihrer Träume her kannte, war sie plötzlich selbst dieses Mädchen, das den Weg entlang durch das Tal ging. Die Sonne schien und der Geruch des Frühlings lag in der Luft. Überall brach das junge Grün hervor und die Vögel sangen um die Wette. Sie war weiß gekleidet, selbst die Schuhe waren weiß, und ging leichtfüßig und zielstrebig dahin, als wüsste sie, wohin sie wollte – und dass das gut war, was sie dort wollte. Und während sie diesen Weg entlang ging, war sie auf eine seltsame Weise doch auch die Betrachterin, die sich dabei zusah.

Sie ging den ganzen Tag, das Tal wurde immer enger und die Berge kamen immer näher. Als die Sonne unterging, stand sie vor einer Hütte, einer Hütte ganz aus Holz, wie es in den Bergen üblich war – das kannte sie aus dem Fernsehen. Es roch nach Holzfeuer und obwohl die Vierzehnjährige noch nie ein Holzfeuer gerochen hatte, wusste sie es. Mit einer Selbstverständlichkeit als wäre sie hier zuhause, trat sie ein und wusste, dass sie erwartet wurde. Eine Frau mittleren Alters kam ihr entgegen und umarmte sie herzlich. „Da bist du ja endlich!" rief sie voller Freude aus. Diese Frau hätte ihre Mutter sein können, war es aber nicht. Sie hatte rotes Haar, war rot gekleidet und stand in der Blüte ihres Lebens. Alles an ihr war weiblich, weich und sinnlich, und doch von einer klaren Präsenz. Nachdem sich die beiden gebührend begrüßt und ein wenig miteinander geplaudert hatten, holte die Rothaarige zwei warme, wollene Umhänge, einen für sich und den anderen für das Mädchen. Dann griff sie nach einer großen Tasche und als sie den fragenden Blick des Mädchens sah, erklärte sie: „Das brauchen wir alles für unser Ritual und ab jetzt wird nicht mehr gesprochen!" Sie sagte es in einem warmen, aber bestimmten Ton.

Das Mädchen folgte nun der rothaarigen Frau hinaus in die beginnende Nacht. Sie benützten keinen Weg, sondern gingen quer über einen Wiesenhang auf einen Wald zu, dessen dunkle Silhouette wie eine undurchdringliche Wand aussah. Als der Mond aufging, voll, rund und schön, lösten sich zwei Schatten aus der dunklen Silhouette des Waldes und als sie näher kamen erkannte das Mädchen, dass es zwei Wölfe waren. Sie wurde unruhig, doch da die Frau an ihrer Seite keine Anzeichen von Furcht zeigte, beschloss die Vierzehnjährige, ihre Angst erst einmal etwas beiseite zu schieben, aber ihre Hand suchte doch die der anderen. Die Rothaarige lächelte ihr aufmunternd zu, drückte ihre Hand kurz und ließ sie dann wieder los. Diese kleine Geste aber beruhigte das Mädchen und so schritt sie tapfer neben der Rothaarigen einher, während die beiden Wölfe sie begleiteten.

Dann waren sie im Wald. Im Licht des vollen Mondes sah er gespenstisch aus, doch die Frau ging so zielstrebig, so sicher durch das Unterholz, als folge sie einem geheimen Pfad. Es ging eine ganze Zeitlang bergauf und die Vierzehnjährige hatte Mühe mit der Roten Schritt zu halten. Plötzlich traten die Bäume zurück und sie befanden auf der Kuppe eines Hügels. Dort sah das Mädchen einen großen Steinkreis und in dessen Mitte einen großen steinernen Altar. Der Steinkreis war in vier Viertel aufgeteilt und in jedem Viertel stand ein kleiner Altar. Die Frau holte nun aus der Tasche eine Feuerschale und ein Fläschchen Öl, so wie eine schöne Kristallschale und eine Flasche Wasser heraus. Des Weiteren holte sie einen kleinen Laib Brot und ein Döschen mit Salz, so wie eine große Feder und Räucherwerk hervor. Das Mädchen hatte noch nie eine so große Feder gesehen und wusste dennoch, dass es eine Adlerfeder war. Zum Schluss holte die Rothaarige noch einen großen Bergkristall hervor, einen seltsam geschwungenen Dolch und ein weißes, zusammengefaltetes Tuch. Mit diesem Tuch bedeckte sie den großen Altar, stellte den Bergkristall in die Mitte und legte den Dolch dazu. Dann goss sie das Öl in die Feuerschale, zündete es an und stellte die Schale auf einen der kleinen Altäre. Auf den zweiten kamen das Brot und das Döschen mit Salz. Auf den Dritten legte sie die Feder und das Räucherwerk. Zum Schluss goss sie das Wasser in die Kristallschale, hielt sie kurz dem Mond entgegen und stellte sie auf den vierten Altar. All diese Handlungen, die dem Mädchen fremd und doch irgendwie bekannt vorkamen, tat sie in gesammelter Konzentration. Dann bat sie das Mädchen, sich der Reihe nach an jeden kleinen Altar zu stellen und die Vierzehnjährigen wurde nun von der Roten mit den Elementen Feuer, Erde, Luft und Wasser gereinigt und gesegnet. Dann gebot ihr die Rothaarige sich auszuziehen, und das tat sie auch, denn sie wusste, es musste so sein. Und sie legte sich auf den großen Altar, wie ihr geheißen wurde und musste sich ganz zusammenrollen, damit sie überhaupt Platz hatte – den Bergkristall und den Dolch in ihrer Mitte. Der volle Mond stand nun direkt über ihnen, die Wölfe heulten und die Rothaarige nahm den Dolch, stach sich damit in die Hand und ließ drei große Blutstropfen auf die Vierzehnjährige fallen und legte sich dann auf sie – und das Mädchen spürte, wie sie langsam in die Rote hineinstarb.

Als reife Frau verließ sie nun den Steinkreis, verließ den Hügel und das Tal, in dem jetzt Sommer war. Sie kam zu einem großen Bauernhof, dort herrschte reges Treiben. Kinder kamen angelaufen, umringten sie fröhlich und nannten sie Mutter – und sie war es auch. Ein stattlicher Mann trat auf sie zu, umarmte und küsste sie zärtlich und nannte sie seine Frau – und sie war es auch. Knechte und Mägde nannten sie Herrin – und sie war es auch. Dann kam eine alte Frau, ganz in schwarz gekleidet, nannte sie ihre Enkelin – und sie war es auch.

Es war nun Herbst und die Alte forderte sie auf mitzukommen und das tat sie auch – es war so selbstverständlich, es musste so sein. Und sie folgte der Alten auf einem steinigen Weg in eine unwirtliche Einöde bis sie zu einem großen Platz kamen, einem Feuerplatz, der ganz schwarz war von den vielen Feuern, die hier schon gebrannt hatten. Sie musste nun Holz sammeln gehen, was eine mühsame Arbeit war, denn es gab nicht viel Holz in dieser Einöde. Und als sie genug Holz beisammen hatte, musste sie das Feuer anzünden. Als es hoch brannte, gebot ihr die Alte sich auszuziehen – und das tat sie auch, denn sie wusste, das musste so sein. Die Alte gebot ihr ins Feuer zu steigen und das tat sie auch, denn sie wusste, es musste so sein. Und die Alte stieg mit ihr ins Feuer und sie, die reife Frau, starb in diesem Feuer in die Alte hinein.

Als alte Frau saß sie nun in der Asche, sah an sich herunter, sah die welke Haut, die vielen Falten, das schlohweiße Haar. Sie wollte aufstehen, aber es fiel ihr schwer, denn die Glieder waren steif und wollten nicht so, wie sie es wollte. Sie schaute sich um, suchte etwas, womit sie ihre Blöße bedecken konnte und fand dann auch in einer Erdkuhle ein weißes Hemd, ein Totenhemd. Sie zog es an und das war gut so, denn ein kalter Wind kam auf und trieb Schneeflocken vor sich her. Schon bald war die unwirtliche Einöde mit einer dünnen Schneedecke wie mit einem sauberen weißen Leintuch bedeckt und sah darin ganz feierlich aus. Und die Alte erinnerte sich an ein weißes Leinentuch auf einem Altar, auf dem sie damals, vor langer Zeit, als Mädchen gelegen hatte. Und sie legte sich in ihrem Totenhemd auf das weiße Leinentuch des Winters und der Schnee deckte sie zu.

Da kam eine Uralte des Wegs, mit einem Korb voller bunter Spulen auf dem Arm, hieß sie aufstehen und führte sie zu einer anderen Uralten. Diese saß vor einer großen Höhle an einem Webstuhl und webte an einem Teppich. Sie webte herrliche bunte Muster hinein und war gerade mit einer Spule Faden fertig geworden, griff nun in den vollen Korb, den ihr die andere hingestellt hatte und nahm sich eine neue heraus. Es war ein besonders schöner Faden, der leuchtete und schillerte und die Weberin sprach zu ihr: „Schau nur, schau! Dieser schöne Faden! Wie er leuchtet und glänzt! Das ist dein Lebensfaden, schau – und vergiss es nicht! Freue dich an deinem Leben! Sei dankbar, was immer es dir bringt – nicht nur für die guten, auch für die schlimmen Zeiten, dann verblasst dein Faden nicht, so wie dieser hier – oder der … alles Menschen, die keine Freude an ihrem Leben haben und doch wirken sie am Ganzen mit. Aber wie du siehst, kommen durch die verblassten Fäden die anderen viel besser zur Geltung. Bin die Weberin der Zeit, weiß viel, sehe viel, höre viel! Ja … ja … bin die Weberin der Zeit …"

„Und ich bin die Hüterin der Zeit …", stellte sich jetzt die andere vor, „und die Spinnerinnen kennst du ja schon. Die weiße spinnt den Lebensfaden, die Rote spult ihn auf und die Schwarze schneidet den Faden ab wenn die Spule voll ist, dann ist das Leben dieses Menschen zu Ende. Die Spule legt sie dann in den Korb zu ihrer Linken, und ich, die Hüterin der Zeit passe auf, und wenn der Korb voll ist bringe ich ihn der Weberin. Sie webt aus all den bunten Lebensfäden der Menschen einen Zeitteppich und wenn der fertig ist, dann geht auch ein Zeitalter der Menschen zu Ende. Und mit jedem neuen Teppich beginnt auch ein neues Zeitalter." Dann nahm sie den leeren Korb und führte das Mädchen, das immer noch die Alte im Totenhemd war in die Höhle hinein. Als sie zur anderen Seite herauskamen, war das Mädchen wieder es selbst, war die Vierzehnjährige, die vor sich die drei alten Weiblein sah, die emsig arbeiteten.

„Sie hat es erfahren …", murmelte die Schwarzgekleidete vor sich hin. „Sie hat richtig gefragt und die Antwort bekommen…", sprach die Rotgekleidete. „Sie wird wieder gehen …", meinte beiläufig die Weißgekleidete und sie sahen nicht hoch von ihrer Arbeit.

Die Vierzehnjährige jedoch fühlte sich nicht mehr unsicher. In großem Respekt verbeugte sie sich vor diesen drei uralten Schicksalsfrauen und bedankte sich für die

Erfahrung, die sie ihr ermöglicht hatten, und die sie ihr Leben lang nicht mehr vergessen wird. So jung sie war, so wusste sie nun um den Kreislauf des Lebens, wusste, dass sie in alle hineinreifen würde die sie schon war. Und wusste auch, dass sie nun kein Kind mehr war, sondern eine junge Frau, die nun die Verantwortung für ihr Leben selbst in die Hand nehmen musste.

So kehrte die Vierzehnjährige zu ihrer Mutter zurück. Diese hatte bereits, außer sich vor Angst, die Polizei verständigt, denn ihre Tochter war schon drei Tage und drei Nächte lang fort. Wie froh war die Mutter! Wie glücklich, ihre Tochter wieder zu haben, und dieses Glück zu spüren hatte ihre Einstellung zum Leben verändert. Sie fand eine gute Arbeit und zog mit ihrer Tochter in eine größere Wohnung in einem anderen Stadtteil und als es an der Zeit war, entließ die Mutter ihre Tochter gerne in deren eigenes Leben.

Weiß, Rot, Schwarz

Kommt Schwestern!
Lasst uns gehen!
… wir haben die Weiße verloren
… die Rote vergessen
… die Schwarze verdrängt …

Kommt,
lasst sie uns suchen
an den drei Quellen,
dem Faden folgen,
der Ahnung heißt
und dem verschollenen Wissen,
       – tief in uns.

Die Tochter der Bettlerin

Wie lange ist es her? Da lebte eine arme Frau mit ihrer Tochter in einer armseligen Hütte. Jeden Tag ging sie in die nahe Stadt, um zu betteln oder diesen oder jenen niederen Dienst zu verrichten. Oft war sie den ganzen Tag unterwegs und hatte doch nicht mehr bekommen, als eine Schnitte Brot oder ein paar magere Groschen. Dann war die Tochter allein zuhause und verbrachte die Zeit mit dem Sammeln von trockenem Holz und Reisig im nahen Wald, das sie dann später, als sie schon mehr tragen konnte, auch in fremde Häuser trug und dafür etwas Mehl oder Eier bekam, so dass die beiden einigermaßen leben konnten. Die arme Frau aber wurde immer bitterer und die Armut grub tiefe Falten in ihr Gesicht und verschloss ihr Mund und Herz. Die Tochter der Bettlerin dagegen war von fröhlichem Wesen und die Armut schien ihr nichts anzuhaben. Sie sang und lachte gerne und jede Arbeit ging ihr leicht von der Hand.

Wenn die Mutter den ganzen Tag unterwegs war, und sie die Hausarbeit und das Holzsammeln erledigt hatte, lief sie oft wieder in den Wald und freute sich an dem Gezwitscher der Vögel und dem Spiel des Lichts im grünen Laub. Blumen und Pflanzen begrüßte sie wie liebe Freunde. Am liebsten aber ging sie zu einem kleinen, versteckten Weiher, tief im Wald. Dort war es so still und geheimnisvoll, ein heiliger Platz, den sie immer dann aufsuchte, wenn ihr Herz voller Sehnsucht und Fragen war. Und das war es oft. Sie konnte die Sehnsucht nicht benennen und die Fragen waren Fragen nach dem Anfang und dem Ende der Welt. Fragen, woher alles käme und wohin alles ginge, warum die Sonne scheint und wer den Regenbogen malt, denn von ihrer Mutter bekam sie keine Antworten auf all diese Fragen. Und andere Menschen kamen nicht ins Haus.

Die Mutter hatte Marie, so hieß das Mädchen, früher ab und zu mit in die Stadt genommen, aber es bald sein gelassen. Wahrscheinlich schämte sie sich, vor ihrer Tochter zu betteln oder niedere Dienste bei Fremden zu tun. Dem Kind war das nur recht, denn die vielen Menschen, das Gewirr von Häusern und Straßen verwirrten es nur.

So wuchs das Mädchen zur jungen Frau heran.

Als Marie einmal wieder ihren verborgenen Platz am Weiher aufsuchte und wie in stiller Andacht versunken dasaß, hörte sie plötzlich ein leises Rascheln. Als sie hoch sah, erblickte sie ein Einhorn, das ganz still in seiner weißen Schönheit dastand und sie ansah. So ein Tier hatte Marie noch nie gesehen und ihr war plötzlich, als hätte ihre ganze unnennbare Sehnsucht der vergangenen Jahre nur diesem Einhorn gegolten. Tränen des Glücks traten in ihre Augen.

Nach einiger Zeit, die ihr wie eine Ewigkeit vorkam, drehte sich das Einhorn um und trabte langsam ein Stück in den Wald hinein, dann blieb es wieder stehen und sah sich nach Marie um und ohne lange zu überlegen lief sie ihm nach. Das Einhorn wieherte leise und es klang wie ein freudiges Aufatmen. Immer dichter und dunkler wurde der Wald, aber Marie merkte es nicht, sie war nur darauf bedacht, das Einhorn nicht aus den Augen zu verlieren.

Langsam sank die Nacht in den Wald und es wurde so dunkel, dass sie nichts mehr sehen konnte. Das Einhorn war nur noch ein kleiner heller Schimmer in der Dunkelheit. Marie bekam Angst es zu verlieren und da sie auch zum Umfallen müde war, rief sie dem Einhorn zu: „Bitte bleib stehen, ich kann nicht mehr weiter!" Und tatsächlich blieb es stehen und wartete, bis sie herangekommen war. Dann legte sich das Einhorn auf den Waldboden und Marie durfte sich an sein weiches Fell schmiegen. Sie schlief sofort ein.

Als sie am Morgen erwachte, war das Einhorn nicht mehr da. Erschrocken sprang Marie auf und suchte die ganze Umgebung ab. Aber es blieb verschwunden, nur seine Hufspur fand Marie in dem weichen Waldboden. Der folgte sie in der Hoffnung, dem Einhorn wieder zu begegnen.

Langsam lichtete sich der Wald und als Marie schließlich heraus trat, sah sie eine weite Hügellandschaft vor sich und nicht weit entfernt, auf einem der Hügel, ein großes herrschaftliches Gehöft. Die Hufspuren aber, denen es bis hierher gefolgt war, waren nicht mehr zu sehen, als hätten sie sich plötzlich in Luft aufgelöst. So beschloss Marie zu dem Gehöft zu gehen und dort nach einer Herberge und nach Arbeit zu fragen.

Im Hof herrschte geschäftiges Treiben. Marie wurde immer wieder beiseite gestoßen und des Öfteren angefahren, zu verschwinden. Aber sie ließ sich nicht beirren und suchte nach der Küche, denn dort, so hoffte sie, würde sie vielleicht Arbeit bekommen – und etwas zu essen, denn langsam meldete sich der Hunger. Und Marie hatte Glück, denn der Köchin gefiel die junge, bescheidene Frau. Und da Marie geschickt und fleißig war, nahm die Köchin sie schon bald in ihre Obhut und lehrte sie die Zubereitung der feinsten Speisen und Getränke. Und Marie war eine gelehrige Schülerin. Bald schon übertraf sie ihre Lehrerin und das sprach sich herum.

Eines Tages kamen Boten des Königs, die Marie baten mitzukommen, denn der König wollte ein großes Fest geben und die besten Köche seines Reiches sollten dabei aufwarten. Marie fühlte sich plötzlich sehr wichtig. Auch die Köchin war überaus stolz, dass ihrer Schülerin diese Ehre zuteilwurde und entließ sie mit guten Ratschlägen, was sie am Königshof alles zu bedenken hätte.

Dort angekommen, hatte Marie kaum Zeit ihre Sachen in die Kammer zu bringen, in der sie die Tage über untergebracht war, denn sie musste sofort in die Küche. Ein Treiben wie dort hatte sie allerdings noch nie erlebt und es wurde ihr allein beim Zusehen schon schwindlig. Am liebsten hätte sie gleich wieder ihr Bündel gepackt. Da kam schon der oberste der Köche herbei und herrschte sie an: „Was stehst du hier herum! Schnell, schnell, zeig nun was du kannst, zum Zuschauen bist du nicht gekommen!" Und er packte sie am Arm und zog sie zu einem der vielen Herde, die in der großen Küche standen. Zehn Köche waren zu diesem Fest in den Dienst genommen worden und Marie war die einzige Frau. Voller Geringschätzung sahen diese zuerst auf sie herab, mussten aber bald einsehen, dass sie ihnen in nichts nachstand. Marie aber hatte kaum Zeit zum Atmen, ein ausgefallenes Gericht nach dem anderen musste zubereitet werden und der König kam sogar höchstpersönlich in die Küche, um zu sehen, ob alles nach seinen Wünschen lief. Spät in der Nacht sank Marie mehr tot als lebendig in ihr Bett und wünschte nur, dass die Festtage schon vorbei wären.

Am dritten Tag, als Marie in aller Frühe schnell in den Garten lief, um die nötigen Kräuter zu schneiden, hörte sie ein seltsames Geräusch. Und obwohl sie eigentlich keine Zeit hatte, ging sie dem Geräusch nach, das aus einem Gebüsch in der Nähe des Kräutergartens kam. Es war ein Schnalzen und Schlurfen, das sich langsam entfernte. Marie schlich leise zu diesem Gebüsch hin und als sie die Zweige behutsam zur Seite bog, sah sie ein kleines, verhutzeltes Männchen, nicht größer als ein dreijähriges Kind, das einen schweren Sack hinter sich herzog und dabei mit der Zunge schnalzte, als wollte es ein Pferd antreiben. Marie entschlüpfte ein überraschtes „oh". Das Männchen blieb sofort stehen und sah Marie mit roten, triefenden Augen böse an und krächzte: „Was stehst du hier herum und schaust zu! Pack an, pack an, sonst pack ich dich!" und ehe Marie sich's versah, hockte das Männchen auf ihrer Schulter, fasste ihre Haare wie einen Zügel und schnalzte wieder. Diesmal galt es ihr und ob sie wollte oder nicht, musste sie den schweren Sack aufheben, auf ihren Rücken hieven und ihre Beine bewegen. Das Männchen setzte sich obendrauf und ließ sie ordentlich laufen. Und plötzlich lief sie nicht mehr auf der Erde, sondern unter der Erde, lief durch einen endlos scheinenden Tunnel. Wurzeln hingen von oben herab und schlugen ihr ins Gesicht. Der Boden wurde immer feuchter und glitschiger, so dass sie Angst hatte auszurutschen.

Endlich aber hörte der unterirdische Gang auf und sie kamen in ein kleines Tal. Dort stand eine kleine Hütte und auf diese liefen sie zu. Als sie angekommen waren sprang das Männchen mitsamt dem Sack von ihrem Rücken und verschwand im Haus. Da stand sie nun und rang nach Luft und Fassung. Was war das? Sie glaubte zu träumen. Und jetzt? Am besten schnell wieder zurück, sicher wurde sie in der Küche schon vermisst. Doch als sich Marie umwandte, war da kein Gang, kein Tunnel mehr zu sehen. Wie solle sie aus diesem Tal herauskommen und wo, bitteschön, ging es hier zum Königshof? Marie wurde zum ersten Mal in ihrem Leben so richtig zornig. Was sollte das alles! Sie klopfte heftig an die Tür der Hütte, die gerade mal so groß war, wie sie selbst und rief: „Wer immer du bist, sage mir bitte, wie ich wieder nach Hause komme!" Als keine Antwort kam, trat sie einfach die Tür ein, so groß war ihre Wut, sie kannte sich selbst nicht mehr.

Das Häuschen war leer. Kein Männchen, kein Sack, kein Tisch, kein Stuhl, kein Bett, nichts. Sie konnte sich nicht erklären, was hier vor sich ging. So setzte sie sich erst einmal auf den Boden der Hütte, stehen konnte sie darin nicht und dachte nach. Sie wusste weder wo sie war, noch wie sie hier wieder herauskam. Welche Richtung sollte sie einschlagen? Auch wenn es hell war in diesem Tal, gab es doch keine Sonne, nach der sie sich hätte richten können. Lief das Tal von Norden nach Süden oder von Osten nach Westen? Irgendwie schien das hier alles nicht von Belang zu sein. Da sie aber mit Nachdenken nicht weiterkam, entschloss sie sich auf gut Glück einfach loszugehen.

Sie war noch nicht weit gekommen, da hörte sie wieder ein Geräusch. Es war wie ein leises Getrippel und ein Gemurmel in einer fremden Sprache, das von überall her zu kommen schien. Marie bekam jetzt doch ein wenig Angst, da sie nicht wusste, was da auf sie zukam, sehen konnte sie nichts. Sie spürte nur, dass sie von vielen Wesen umringt war, aber sie spürte auch, dass keine Bedrohung von ihnen ausging. Da setzte sie sich hin und sprach leise in die Runde: „Wer immer ihr seid und was immer ihr von mir wollt, lasst es mich bitte wissen, wenn ich kann, so helfe ich gerne!"

Plötzlich öffnete es sich vor ihr, wie wenn ein Schleier weggezogen würde und sie sah viele kleine Männchen und Frauchen, alle von der Art, wie das Männchen, das sie hierher gebracht hatte, nur nicht so verhutzelt und alt. Sie sahen Marie auch nicht böse an, sondern bittend und bedeuteten ihr mitzukommen. Die kleinen Leute brauchten also wirklich ihre Hilfe und Marie war gerne bereit, ihnen zu folgen.

Und sie hat es nicht bereut, denn die kleinen Wesen brachten sie in einen Wald, zu einem kleinen verwunschenen Weiher, der ihr bekannt vorkam und den sie schon bald als den Weiher erkannte, an dem sie immer so gerne gesessen hatte und an dem ihr später das Einhorn begegnet war. Ihr heiliger Platz! Das alles ging nicht mit rechten Dingen zu. Doch dann stockte ihr der Atem, denn sie sah am Boden etwas Weißes liegen und die kleinen Wesen führten sie direkt dorthin. Es war das Einhorn, das da wie tot am Boden lag. Marie schrie auf, dann aber nahm sie sich zusammen und beugte sich behutsam über das Tier. Ihr Herz zog sich zusammen, als sie die Wunde sah. Der abgebrochene Schaft eines Pfeiles steckte in seiner Brust und das Gras darunter war voll getrockneten Blutes.

Marie wusste, dass sie sofort handeln musste und sie wusste auch, was zu tun war. Mit Dankbarkeit gedachte sie der Köchin, die ihr nicht nur die Zubereitung der Speisen beigebracht hatte, sondern auch den Gebrauch und Nutzen der Kräuter und die Zubereitung von Tinkturen. Was sie nun brauchte war Spitzwegerich, Ringelblume und Alraune. Aber woher sollte sie diese so schnell bekommen? Sie fragte die kleinen Wesen, denn sie hatte inzwischen mitbekommen, dass diese sie verstanden – auch wenn Marie selbst ihre Sprache nicht verstand. Und kaum hatte sie das Gewünschte ausgesprochen, lag es schon vor ihr. „Ich brauche einen Kessel siedendes Wasser", bat sie weiter – und schon prasselte ein kleines Feuer, über dem ein Kessel mit Wasser hing. „Dann brauche ich ein scharfes Messer und ein weiches Tuch." Schon lag alles bereit. Sie wusch die Wurzel im Weiher und schnitt sie in kleine Stücke, die sie dann in den Kessel warf. Später kamen noch Spitzwegerich und Ringelblume dazu. Dann hielt sie das Messer so lange in den siedenden Kessel, bis sie es kaum mehr halten konnte. Nun begann sie ganz vorsichtig am Schaft des Pfeiles entlang zu schneiden, bis sie zur Spitze kam und den Pfeil behutsam entfernen konnte. Dann bat sie um Nadel und Faden und nähte die Wunde zu. Zum Schluss teilte sie das Tuch, tauchte das eine in den Kessel und reinigte damit die Wunde. Das andere legte sie darauf und benetzte das Tuch immer wieder mit dem Sud. Den ganzen Tag und die ganze Nacht wachte sie bei dem Einhorn. Und die kleinen Wesen wachten mit ihr. Sie fielen in einen leisen Singsang, dessen Worte Marie nicht verstand, dessen Wirkung sie aber an sich selbst spürte. Der Klangteppich, den sie mit ihrem Singsang webten und in den Marie langsam mit einfiel, war wie ein warmer Sommerregen, der alles abwusch, was ungut und klebrig war. Er wärmte auch von innen und gab Kraft wie eine gute Suppe.

Irgendwann musste Marie doch eingenickt sein, denn sie erwachte weil sie plötzlich spürte, dass sich das Einhorn aufrichtete. Außer sich vor Freude sprang sie auf und konnte es kaum fassen, ja, das Einhorn lebte! Und die Wunde war kaum mehr zu sehen. Es stand nun vor ihr und sah sie mit seinen großen dunklen Augen an und Marie empfand wieder jenes große Glücksgefühl, wie damals, als sie es zum ersten Mal sah. Sie weinte vor Freude, vor Dankbarkeit, vor... es gab keine Worte!
Die kleinen Wesen waren nicht mehr da. Marie hatte nicht mitbekommen, wann sie weggingen. Kessel, Messer und Nadel lagen fein gesäubert auf einem weichen, weißen Tuch. Und wenn sie das Einhorn richtig verstanden hatte – es sprach nicht mit Worten, sondern in Bildern zu ihr, die in ihr aufstiegen – wenn sie es also richtig verstanden hatte, waren diese das Geschenk der kleinen Leute für sie, und richtig verwendet, würde sie damit in Zukunft ihr Glück machen.

Und Marie verstand es, die Dinge sinnvoll zu gebrauchen. Wann immer sie etwas dringend brauchte, der Kessel brachte es hervor. Mit dem Messer konnte sie alles wegschneiden, was überflüssig geworden war und mit der Nadel alles zusammenfügen, was zusammengefügt werden sollte, bei sich selbst und bei allen, die deshalb zu ihr kamen. Und es wurden immer mehr.

Marie kehrte nicht mehr an den Königshof zurück. Der Köchin auf dem Gutshof schrieb sie einen langen Brief, in dem sie ihr für alles dankte. Sie zog nun in die Stadt, die sie als Kind nicht mochte. Holte ihre alte Mutter zu sich und pflegte sie, bis diese starb. Ein bisschen von ihrem Glück konnte Marie ihrer Mutter noch mitgeben, denn die Verbitterung fiel langsam von ihr ab und sie starb in Frieden.

Immer wieder suchte Marie den kleinen, versteckten Weiher auf, wenn sie Ruhe und Stille brauchte, oder Antworten auf Fragen suchte, die ihr keiner beantworten konnte. Und manchmal war das Einhorn da.
Marie ist sehr alt geworden. Als sie merkte, dass es zum Sterben ging, schlurfte sie langsam zum Weiher – und das Einhorn war schon da und hat sie dann in die andere Welt getragen. Ganz bestimmt.

Die drei Lärchen

Einem Herrscherpaar wurden im Laufe der Jahre fünf Kinder geboren. Drei Töchter und zwei Söhne. Die Mädchen waren von zierlichem Wuchs, freundlich und sanft und den Eltern sehr ergeben. Die Söhne waren Zwillinge und der ganze Stolz des Herrscherpaares. So wurden die beiden auch immer übermütiger, denn ihre Späße und der Unfug, den sie trieben, wurden eher milde belächelt, als dass man ihnen Einhalt geboten hätte. Besonders gerne ärgerten die beiden ihre drei älteren Schwestern und es verging kein Tag, an dem nicht mindestens eine von ihnen weinen musste. Die Mutter aber schalt lieber ihre Töchter, als dass sie ihre Söhne zurechtwies.

Als die Kinder ins heiratsfähige Alter kamen, veranstaltete das Herrscherpaar immer wieder rauschende Feste, zu denen dann Söhne und Töchter aus hohem Hause geladen wurden.

An so einem Fest gerieten die beiden Jünglinge in solch einen Übermut, dass sie plötzlich auf die reich gedeckte Tafel sprangen und darauf herumtanzten, so dass die herrlichen Speisen und der edle Wein sich auf die herrschaftlichen Gäste ergoss und das kostbare Geschirr zu Bruch ging. Die drei Schwestern versuchten noch ihre beiden Brüder vom Tisch zu zerren, doch da wurde es mit einem Mal finster im Raum, so finster, dass man die Hand vor den Augen nicht mehr sah, obwohl es doch helllichter Tag war. Das ganze Schloss erbebte und alle Gäste versuchten erschrocken zu fliehen. Es war ein heilloses Durcheinander, denn in der Dunkelheit fielen die Menschen übereinander, schrien und schimpften, bis sie endlich irgendwie ins Freie kamen – und nicht zu früh, denn als alle draußen waren, stürzte das ganze Schloss donnernd in sich zusammen. Auch dem Herrscherpaar, das vor Schreck über den Frevel ihrer Söhne sich erst nicht rühren konnte, gelang in letzter Minute noch die Flucht. Vergeblich schauten sie sich nun nach ihren Kindern um, vergeblich riefen sie deren Namen, wieder und immer wieder – bis sie keine Stimme mehr hatten, aber ihre Kinder blieben verschwunden. Dort aber, wo das Schloss gestanden hatte, erhob sich ein kleiner Hügel und auf dem standen nun drei Lärchen und zwei Eichen. Die drei Lärchen neigten sich leicht den zwei Eichen zu und im Volk ging die Sage, dass dies die drei Töchter und die beiden Söhne des Herrscherpaares waren.

Die beiden aber zogen, von allen geächtet und gemieden, bettelnd durch das Land über das sie einstmals geherrscht hatten und wussten oft nicht, wie ihren Hunger stillen und wo ihr müdes Haupt betten.

Eines Tages gelangten sie in einen tiefen Wald, aus dem sie nicht mehr herausfanden. Schon glaubten sie sich verloren, da öffnete sich vor ihnen plötzlich eine Waldlichtung und mitten darin stand eine kleine, halbverfallene Hütte. Sie klopften zaghaft an und ein steinaltes Weiblein öffnete die Tür. Sie sah die beiden zerlumpten Gestalten mitleidig an und bat sie herein. „Wie kommt ihr denn hierher?", fragte das Mütterchen, „schon seit hundert Jahren hat keine Menschenseele mehr an meine Türe geklopft!" Dann aber, als sie den Hunger in den Augen ihrer Gäste sah, holte sie ein weißes Tischtuch hervor, breitete es über einen kleinen Tisch, der in der Ecke ihrer Behausung stand und sprach Segensworte, die die beiden nicht verstanden – und ohne dass sie sahen oder wussten wie und woher es gekommen war, stand auf dem Tisch ein einfaches, aber köstlich duftendes Essen. Die Alte lud das ehemalige Herrscherpaar ein, zuzulangen und diese ließen sich das nicht zweimal sagen. Als sie endlich satt waren, erzählten sie dem Mütterchen ihr Leid und wie es dazu gekommen war, dass sie jetzt als Bettelsleut' durch die Lande ziehen mussten.

Das Weiblein nickte nur sinnend vor sich hin und meinte dann schließlich: „Ist wohl an der Zeit eure müden Knochen zu betten. Ihr werdet sehen: der neue Morgen weiß auch neuen Rat!" Dann fuhr sie den beiden sanft über das Haar und so wie sie dasaßen, fielen sie in einen tiefen Schlaf und im Schlaf träumte der Königin, dass sie unter den drei Lärchen von ihrem Mann ein Kind empfing – ein Mädchen. Weiter träumte sie, dass dieses Kind, als es sieben Jahre alt war, zuerst die drei Lärchen und dann die zwei Eichen umfing und auf diese Weise Schwestern und Brüder erlöste und im Traum erhob sich auch das Schloss wieder aus seinen Trümmern. Auch der König träumte in jener Nacht. Ihm träumte, dass er von der Alten einen wunderschönen, großen Bergkristall erhalten hatte und immer wenn er ihn in seine Hände nahm und betrachtete, wusste er plötzlich, wohin er seine Schritte lenken musste und was zu tun war. Auch bekam er von ihr das kleine weiße Tischtuch und sie lehrte ihn den Segensspruch. Und im Traum sprach sie zu ihm zum Abschied: „Geht in Frieden und bringt den Segen zurück in euer Reich. Eure beiden Söhne aber sollen mir den Bergkristall und das Tischtuch wieder bringen."

Als die beiden erwachten, lagen sie auf weichem Moos am Rande der Waldlichtung. Die Hütte war verschwunden, nur ein leichter Morgennebel lag wie ein zarter Schleier über dem Gras, dort, wo diese gestanden hatte und löste sich schon bald in der Sonne auf, die gerade über den Baumwipfeln emporstieg. Neben dem König lag – ordentlich gefaltet, das kleine weiße Tischtuch und darauf lag ein wunderschöner, großer Bergkristall. Jeder erzählte dem anderen nun von seinem Traum und ihr Erstaunen nahm kein Ende. Sie umarmten sich innig und dachten voller Dankbarkeit an das alte Weiblein, das ihrer Meinung nach nur die Große Mutter selbst gewesen sein konnte. Dann aber machten sie sich auf den Weg, voller Hoffnung, dass es so werden könnte wie im Traum.

Der König nahm den Bergkristall in seine Hände und nachdem er ihn eine Zeitlang betrachtet hatte, wusste er plötzlich, in welche Richtung sie gehen sollten. Auf diese Weise fanden sie nicht nur den Weg aus dem Wald, sondern kamen zuletzt auch wieder in ihr Land und zu dem Hügel, wo einst ihr Schloss gestanden hatte und auf dem nun die drei Lärchen und die zwei Eichen standen.
Der Platz aber weckte die Erinnerung an das damalige Geschehen und von Schmerz überwältigt sank die Königin weinend nieder. Da weinte auch der König und er setzte sich zu seiner Gemahlin auf den Boden und nahm sie in seine Arme. So hielten sie sich lange Zeit und langsam verebbte ihr Schmerz. Die Sonne schien warm, die Lärchen dufteten und der Wind flüsterte im Eichenlaub. Da breitete der ehemalige Herrscher seinen zerschlissenen Mantel auf dem Boden aus, umfing

voller Liebe und Zärtlichkeit seine Gemahlin und flüsterte ihr Worte ins Ohr, die sie schon lange nicht mehr von ihm gehört hatte. Und der Zauber des Augenblicks öffnete ihr Herz und ihren Schoß und sie empfing.

Was den beiden geträumt hatte, ging in Erfüllung. Das ehemalige Herrscherpaar baute sich im Schutz der Eichen eine notdürftige Unterkunft, die allmählich zu einer kleinen Hütte wurde. Sie lebten von dem segensreichen Tuch der Alten und erfreuten sich an der kleinen Tochter, die mit ihrem wachen Geist und ihrem Lachen ihr bescheidenes Leben so bereicherte. Und als das Mädchen sieben Jahre alt war, erzählten ihr die Eltern von den Geschwistern, erzählten ihr, dass diese in Bäume verwandelt wurden und auch den Grund, warum dies geschah.
„Und können sie nie wieder Menschen werden?" rief die Kleine weinend und lief, ohne eine Antwort abzuwarten, hinaus. Jetzt wusste sie, warum sie sich unter den Bäumen immer so wohl gefühlt hatte, besonders unter den drei Lärchen. Und sie umarmte in ihrer tiefen, kindlichen Liebe erst jede Lärche, dann die beiden Eichen. Da ging ein Zittern durch die Bäume, sie fielen in sich zusammen und mit einem Mal standen vor dem Mädchen ihre fünf Geschwister. Da war die Freude groß und alle weinten und lachten zugleich. Dann erbebte der Boden und wie von Zauberhand erhob sich plötzlich vor ihren erstaunten Augen das Schloss.
Es sprach sich schnell herum, dass das Herrscherpaar zurückgekommen und der Fluch von ihnen genommen worden war. So strömte das ganze Volk zusammen und es wurde gefeiert, wie man nur in Märchen feiern kann.

Die beiden Söhne aber brachten den Bergkristall und das kleine weiße Tischtuch der Alten zurück. Auf dem Weg dorthin erlebten sie viele Abenteuer, von denen ein andermal erzählt werden soll. Man sagt, sie seien sehr verändert zurückgekommen. Sicher hatte ihre Verzauberung in Eichen auch dazu beigetragen, aber was ihnen die Alte noch mit auf den Weg gegeben hat, das blieb ihr Geheimnis. Eines aber hat

man bis heute nicht vergessen: sie waren, als sie sich später die Regierungsgeschäfte teilten, die gütigsten und weisesten Herrscher, die das Reich jemals hatte.
Die Schwestern aber zogen in die Stadt und auch von ihnen hat man nur Gutes gehört.

Das verlorene Lächeln

Geschichten gibt es, weder wahr, noch gelogen, weder gesucht, noch gefunden! Hör zu – oder geh weiter.

Es war eine Mutter, die hatte vier Söhne, die langsam zu Männern heranwuchsen. Vier starke, schöne Mannsbilder hatte sie da im Haus und dabei alle Hände voll zu tun, soviel Männlichkeit einigermaßen im Zaum zu halten. Von einem Vater wurde in der Geschichte nichts berichtet. Entweder war er schon lange verstorben oder er hatte sich – wie das manchmal so kommt, einfach davongeschlichen, weil er so viel Verantwortung für so viele Kinder nicht tragen wollte. Wie auch immer, die Mutter zog ihre Söhne alleine groß und hatte trotz aller Arbeit ihre reine Freude an den Burschen. Um sich und die Buben durchzubringen, verkaufte sie Brot, das sie täglich buk – denn, so sagte sie sich, wenn ich schon für meine Kinder so viel Brot backen muss, dann kann ich auch noch etwas mehr backen. Es war das beste Brot weit und breit und sie hatte deshalb viele Abnehmer, die ihr zusätzlich zum Preis für das Brot auch hie und da etwas für die Buben zusteckten. So war immer alles da, was sie zum Leben brauchten und die Buben litten keine Not.

Der Älteste war bereits im heiratsfähigen Alter und wünschte sich nichts mehr, als endlich eine Frau zu finden und einen eigenen Hausstand zu gründen. Der Mutter wär's auch recht gewesen, denn wie gesagt, hatte sie alle Hände voll zu tun und ein Esser weniger und etwas weniger Wäsche hätte ihr allemal zugesagt. Aber so oft er auch ausging – zum Tanzen oder zum Baden oder zu anderem lustigen Zeitvertreib, zu dem sich das junge Gemüse oft traf – es wollte ihm keine näher kommen. Dafür wurde er von seinen jüngeren Brüdern gerne gehänselt, was ihn manchmal zu zornigen Ausbrüchen reizte. Dann war es für die Jüngeren an der Zeit, das Weite zu suchen.

So saß der Älteste – nachdem ihn seine Brüder wieder einmal geneckt hatten und dann davongelaufen waren, aufgebracht am nahen Weiher und warf voller Zorn Steine ins Wasser. Plötzlich wurde ihm ganz komisch zumute, denn die Steine, die er hineinwarf, platschten nicht und das Wasser spritzte nicht auf, wie er es sonst gewohnt war und was ihm dann auch immer wieder das Mütchen langsam kühlte. Diesmal lag eine ungewöhnliche Stille über dem Weiher und die Steine verschwanden lautlos in der Tiefe, als hätte sie ein Fisch verschluckt. Der Älteste – nennen wir ihn Hannes, hielt inne und näherte sich vorsichtig dem Wasser. War da Zauber oder Hexerei im Spiel? Er versuchte mit der Hand das Wasser zu patschen – aber es blieb auch da ohne Bewegung und ihm war, als patschte er in eine gummiartige Masse. Verwundert saß er am Ufer und wusste nicht, was er davon halten sollte. Da teilte sich mit einem Mal das Wasser – oder was immer das in diesem Moment sein mochte, und eine schöne, schlanke Maid trat heraus, so als träte sie aus einer Tür. Sie hatte langes, hellgrünes Haar und ein ebenso hellgrünes Kleid floss ihr wie Wasser den Körper hinab. Sie hatte geheimnisvolle, glasgrüne Augen und einen vollendeten Frauenkörper, wie Hannes noch keinen gesehen hatte. Er stand nur da, hatte Mund und Augen weit aufgerissen und wusste nicht, wie ihm geschah.

Da sprach ihn die Schöne mit einer kühlen Stimme an, glasklar und tönend: „Sag mir, du ungehobelter Menschensohn, warum störst du meinen Mittagsschlaf? Wärst du nicht so herrlich für mich anzuschauen, ich würde dir mit einem Knipser meiner Finger das Lebenslicht auslöschen! Du kannst aber dein Leben behalten, wenn du mir ein Jahr lang dienen willst."

Hannes hörte zwar ihre Stimme, aber den Sinn konnte er nicht fassen, so benebelt war er. Langsam aber drang in sein Bewusstsein, dass die Schöne etwas von ihm wollte und er stammelte nur: „Zu … euren … Diensten …!"

Da nahm ihn die Wasserfrau an die Hand und willig folge ihr Hannes, ihm war, als würde er in einen grün und blau schimmernden Palast geführt. Staunend sah er sich um und gewahrte perlmuttfarbene Treppen, die sie immer tiefer hinab stiegen. Endlich führte ihn die Wasserjungfrau in ein Gemach, das wie Seegras in der Dünung, leicht hin und her wogte. Ihm wurde ganz schwindlig beim Hinschauen und er wollte sich setzen. Aber die Schöne zog ihn aus und führte ihn zu etwas, das wie eine hohe, gläserne Vitrine aussah. Dort hinein stellte sie ihn, schloss die Tür und war verschwunden. Hannes aber sah nichts, hörte nichts, fühlte nichts, so als stünde er eingefroren in einem durchsichtigen Kühlschrank.

Nach einiger Zeit kam die Schöne zurück, sie hatte eine ganze Schar ähnlicher Wasserjungfrauen bei sich und alle umstanden die Vitrine und der Anblick des schönen und starken Burschen erfreute sie offensichtlich, obwohl kein Lächeln ihre Lippen umspielte. Dann aber verschwanden sie wieder. Langsam senkte sich Dunkelheit um den Eingeschlossenen und ein sanftes hin- und herwogen ließ ihn in den Schlaf des Vergessens sinken. Als Hannes erwachte, bemerkte er ohne irgendeine innere Bewegung, dass er noch immer in der Vitrine stand. Endlich kam die Wasserschönheit wieder, öffnete den gläsernen Schrank und führte ihn ohne ein weiteres Wort hinaus. Sie schwebte vor ihm her und entließ ihn aus der Tiefe.

Wie betäubt stieg Hannes ans Ufer und wunderte sich nur, dass er nicht nass war. Er setzte sich auf einen Stein und es brauchte eine geraume Zeit, bis er endlich seine Sinne wieder soweit beieinander hatte, dass er das Erlebte als einen seltsamen Traum abtat. Er schüttelte sich, wie sich Hunde schütteln, wenn sie aus dem Wasser kommen und machte sich auf den Heimweg.

Kaum hatte ihn sein jüngster Bruder entdeckt, schrie dieser laut auf und rannte ins Haus. Schon kamen alle dahergelaufen, seine drei Brüder und die Mutter – die Hände noch voller Brotteig. Sie umringten ihn voller Freude und die Mutter lachte und weinte in einem. Aus dem Durcheinander ihrer Stimmen konnte er langsam heraushören, dass er seit einem Jahr verschollen war und nichts und niemand hatte ihn weder finden oder sein Verschwinden erklären können. Ihr könnt euch vorstellen, wie verblüfft alle waren, als Hannes sich endlich Gehör verschaffte und erklärte, dass er einer wunderschönen Wasserfrau in den Weiher gefolgt war und dort lediglich einen Tag und eine Nacht verbracht hatte. Dass er in einer gläsernen Vitrine eingeschlossen war, behielt er für sich.

Die Mutter sah ihren Sohn lange forschend an, dann streichelte sie zärtlich sein Gesicht und fragte: „Bist du denn gar nicht froh, uns wieder zu sehen?"

„Was für eine Frage"! rief Hannes, „freilich freue ich mich, besonders auf dein köstliches Brot!" und er deutete auf ihre teigverkrusteten Hände. „Ach ja, das Brot! Das hab ich doch in der Aufregung ganz vergessen!" rief die Mutter und eilte ins Haus zurück. Die Brüder aber umringten Hannes und wollten ganz genau wissen, wie das da war im Weiher und bei der Wasserjungfrau. Denn bis jetzt hatten sie alle, Hannes mit eingeschlossen, diese nur für Märchenwesen gehalten und Hannes wollte immer noch lieber glauben, dass er das alles nur geträumt habe. Aber seine lange Abwesenheit sprach sichtlich dafür, dass es kein Traum war.

In der ganzen Aufregung hatte keiner bemerkt, dass Hannes anders war als früher – die Mutter, ja die hatte wohl etwas wahrgenommen, doch als sie ihre Aufmerksamkeit wieder auf das Brotbacken richtete, hatte sie es vergessen. Dann aber, als alle ihre Söhne am Tisch saßen und aßen, spürte sie wieder, dass mit Hannes etwas nicht stimmte und endlich fiel ihr auf, was es war: er hatte kein einziges Mal gelächelt oder gar gelacht. Eine seltsame Kühle umgab ihn, die er selbst wohl nicht wahrnahm. Als dann die Nacht kam und die Burschen ins Bett fielen, da setzte sich die Mutter an das Bett ihres Ältesten und fragte ihn behutsam aus. Und Hannes, schon halb im Schlaf erzählte seiner Mutter von der schönen Wasserjungfrau mit den hellgrünen Haaren und dem hellgrünen Kleid, dem blaugrünen Palast und den perlmuttschimmernden Treppen in die Tiefe und er erzählte ihr auch, etwas verlegen, von dem Vitrinen-Schrank, in den ihn die Schöne eingeschlossen und zur Schau gestellt hatte. „Und was hast du bei all dem gefühlt, mein Junge"? fragte seine Mutter. „Nichts ... nichts ...", murmelte der Sohn und war dann auch schon eingeschlafen.

Voller Sorge betrachtete die Mutter ihren schlafenden Sohn und seufzte tief. Was das wohl werden wird? Sie hatte, als sie noch ein Kind war, von ihrer Großmutter einmal ein Märchen gehört, in dem eine Nixe einen Jüngling verhext hatte, sodass er ihr für immer verfallen war und nicht mehr in die Menschenwelt zurückfand. Sollte das auch ihrem Sohn widerfahren sein? In dieser Nacht schlief sie nicht. Und als es auf Mitternacht zuging, hörte sie plötzlich ein leises Platschen, das an ihrer Tür vorbeizog und dann plötzlich aufhörte. Leise stand die Mutter auf, öffnete vorsichtig die Tür und spähte hinaus. Da sah sie kleine Wasserlachen, die vor der Tür ihres Ältesten aufhörten. Sie legte ihr Ohr an dessen Tür und vernahm ein heimliches Flüstern. Da ihr nicht wohl bei der Sache war, schlüpfte sie schnell wieder in ihr Zimmer zurück, ließ aber die Tür einen Spalt offen und beobachtete gespannt, was nun weiter geschehen würde.
Es dauerte nicht lange, da öffnete sich die Tür zum Zimmer ihres Ältesten und eine Jungfrau, so schön, wie ihr Sohn sie beschrieben hatte, trug ihren schlafenden Sohn hinaus. Da sprang die Mutter aus ihrem Zimmer, stellte sich der Wasserfrau in den Weg und rief mit drohender Stimme: „Du trägst mir meinen Sohn nicht fort! Er war lange genug in deiner Gewalt!"

Da lächelte die schöne Jungfrau und sprach leise, aber klar und tönend: „Er kam freiwillig zu mir für ein Jahr eurer Zeitrechnung. Doch ist er nun dein Sohn nicht mehr, sondern mein Gespiele. Geh mir aus dem Weg!" Und sie schob die Mutter einfach beiseite und ging mit ihrer kostbaren Last aus dem Haus.

Voller Verzweiflung lief die Mutter ihr nach, aber sobald sie draußen war, konnte sie die Wasserfrau mitsamt ihrem Sohn nicht mehr sehen. Da setzte sie sich an den Weiher und blieb dort, bis die Sonne am Morgen aufging. Sie musste aber doch kurz eingenickt sein, denn als sie ins Haus zurückkehrte, fand sie ihre Söhne, auch ihren Ältesten, schon in der Küche um den Tisch versammelt. Da schwieg die Mutter und verriet nichts von ihrer nächtlichen Begegnung. Später machte sie sich dann auf den Weg zu ihrem alten Oheim, einem Bruder ihrer Großmutter, der schon die Hundert überschritten hatte und mehr wusste, als in den Büchern geschrieben stand. Bei diesem weinte sie sich aus und fragte um Rat.

„Hm … hm … hm …", brummte der Alte nachdenklich, nachdem er alles gehört hatte, „da ist guter Rat wirklich teuer. Wie ich höre, hat sie das Lächeln deines Sohnes geraubt. Du sagtest doch, dass sie dich angelächelt hatte, als sie an dir vorüber ging. Hm … hm …, das ist nicht gut, das ist nicht gut! Solange sie sein Lächeln hat, kann sie ihn jede Nacht holen und wenn sie ihn drei Nächte hintereinander geholt hat, wird er für immer bei ihr bleiben wollen, dann interessiert ihn die Menschenwelt nicht mehr. Was ist nur zu tun! Was ist nur zu tun!" Und er ging rastlos in seiner kleinen Stube auf und ab.

Schließlich blieb er abrupt stehen, klatschte in die Hände und rief froh aus: „Aber natürlich! Das ist es! Ich weiß, wie wir Hannes retten können!" Dann lief er mit einer Behändigkeit, die man seinem Alter nicht mehr zugetraut hätte hinaus und kam kurze Zeit darauf mit einer silbernen Dose wieder. Er reichte sie der Mutter und sprach: „In dieser Dose befindet sich die Asche meines Großvaters. Wenn heute Nacht die Wasserfrau deinen Sohn holt, dann musst du ihr die Asche ins Gesicht und über deinen Sohn werfen, so hat sie keine Gewalt mehr über ihn und sein Lächeln kehrt zu ihm zurück."

Ihr könnt euch vorstellen, wie froh die Mutter war, als sie dies hörte. Sie nahm die Dose und kehrte nach Hause zurück. Mit keinem Wort und keiner Miene verriet sie sich und behandelte auch ihren Ältesten so, als wäre nichts geschehen.

Dann aber, als die Nacht kam und alle Söhne fest schliefen, stellte sie sich mit der silbernen Dose an die Tür und wartete auf das leise Platschen. Kaum war es an ihrer Zimmertür vorbei, öffnete sie diese leise und vorsichtig und wartete mit klopfendem Herzen, dass die Wasserfrau mit ihrem Sohn vorbeikam. Sie musste nicht lange warten, blitzschnell stürzte sie auf sie zu und warf der Wasserfrau die Asche ins Gesicht, dann streute sie den Rest über ihren Sohn. Die Wasserfrau schrie gellend auf und ihr Gesicht mit beiden Händen bedeckend, floh sie aus dem Haus. Der Älteste aber wachte auf und rieb sich die Augen, er wunderte sich, auf dem Boden im Flur vor der Zimmertür seiner Mutter zu liegen. Diese aber stürzte sich mit einem kleinen Schrei auf ihren Sohn, umarmte und küsste ihn wieder und immer wieder, bis er sie lachend festhielt und fragte: „Was ist geschehen, Mutter, dass du mich nimmer loslässt und ich hier vor deiner Tür auf dem Boden liege. Ich werde doch nicht im Schlaf gewandelt sein?"

Da erzählte ihm die Mutter was geschehen war und dass er es ihrem alten Oheim zu verdanken habe und vor allem der Asche von dessen Großvater, dass er sein Lächeln wieder zurückerhalten habe und nun für immer vor den Nachstellungen der schönen Wasserfrau gefeit sei. Der Älteste nahm seine Mutter in die Arme und dankte ihr von ganzem Herzen. Seine jüngeren Brüder aber haben ihn seither nie mehr gehänselt – und das war auch nicht notwendig, denn schon bald hatte er ein Mädchen gefunden, das ihn liebte und mit dem er einen eigenen Hausstand gründete.

Absturz

Wo weilt deine Seele
meine Liebe,
wenn deine Augen
nicht mehr das Tor
in deine Tiefe sind?

Wo weilt dein Herz,
wenn dein Körper
nicht mehr
der Ausdruck
deiner Lebendigkeit ist?

Auch wenn ich dir dorthin
nicht folgen kann,
werde ich hier
am Rande des Abgrunds
warten und wachen,
bis deine Seele wiederkehrt!

unbeirrbar in meiner Hoffnung
und unerschütterlich
in meiner Gewissheit!

Wasserfrau

Mütterchen Onghi

In einem mächtigen Reich, weit hinter dem Diesseits und lange noch vor dem Jenseits herrschte Trauer. Das Volk weinte, die Minister und der Senat waren ratlos, denn das Herrscherpaar war von einem Tag auf den anderen verschwunden und keiner wusste wohin und warum. Das Volk liebte die beiden, denn sie waren gerecht und weise und schauten auf die Armen. Durch ihr Verschwinden aber brach das Chaos aus. Das Reich verfiel zusehends, denn die Starken kämpften um die Herrschaft und töteten wahllos. Die Schwachen aber, jeder Führung beraubt, versanken in Trübsinn oder gaben sich dem Rausch hin. So vernachlässigten alle ihr tägliches Werk und bald breitete sich große Armut aus. Räuberhorden plünderten das Wenige, das noch übrig war und wer noch einen Wagen, ein Pferd oder einen Esel sein eigen nannte sah zu, dass er die Grenzen des Reiches hinter sich ließ. Und dort, wo einst ein mächtiges, blühendes Reich war, spielte nun der Wind mit dem Staub.

Keiner würde sich mehr an dieses Reich erinnern, wenn nicht eines Tages eine Nomadensippe, die von irgendwoher gekommen war, genau dort ihr Lager aufschlug, wo einst der Palast des Herrscherpaares gestanden hatte. Zwischen den Ruinen wuchs spärliches Gras, das den Schafen der Nomaden noch Nahrung genug war und so schlugen sie dort ihre Zelte auf und verrichteten ihre gewohnte Arbeit. Man suchte Holz für das Feuer und Wasser für den Durst von Mensch und Vieh. Den Halbwüchsigen fiel die Aufgabe zu, sich um das Feuerholz zu kümmern, während die Alten, die schon viel Erfahrung darin hatten, das Wasser suchen gingen. Allen voran ging Mütterchen Onghi, denn sie spüre das Wasser in ihren Knochen, so sagte sie immer, und je stärker sie schmerzten, desto näher waren sie ihm.

Sie waren noch nicht lange gegangen, als Mütterchen Onghi schon zu stöhnen anfing. Ganz nahe musste sich das Wasser befinden, denn ihre Knochen schmerzten sehr. Doch obwohl sie Stein für Stein aufhoben und darunter sahen, war von einem Wasser weit und breit nichts zu sehen. „Es muss in der Tiefe sein", murmelte Mütterchen Onghi und rief starke junge Männer herbei, die an einer Stelle graben mussten, die sie ihnen zeigte. Und endlich, als die Burschen schon aufgeben wollten, legten sie einen alten Brunnen frei.

Für die Nomaden war dieser Ort ein Ort wie jeder andere, an dem sie sich für kurze Zeit niederließen, um dann wieder weiter zu ziehen. Sie wussten nichts von dem Reich, weder von dessen einstiger Mächtigkeit, noch von dessen Verfall. Sie wussten nichts von dem Volk und noch weniger von dem verschwundenem Herrscherpaar. Das einzige was sie kannten war die Zeitlosigkeit ihres Daseins, die täglich wiederkehrenden Handgriffe und Tätigkeiten ihres immer gleichen Lebens. Sie wussten noch nicht, wie sehr dieser Ort ihr tägliches Leben verändern würde.

Als Mensch und Tier ihren Durst gelöscht hatten und vor den Zelten das Feuer brannte, horchten plötzlich alle auf, denn ein langer wehklagender Ton war zu hören. Unheimlich war dieser Ton und es war nicht auszumachen, ob er von einem Menschen oder von einem Tier stammte. Es dauerte auch einige Zeit, bis sie herausfanden, dass dieser Ton von tief unten aus dem freigelegten Brunnen kam. Mütterchen Onghi stöhnte wieder auf, denn plötzlich taten ihr die Knochen weh, so weh, wie noch nie in ihrem Leben. Sie verstand das nicht, denn sonst schmerzten sie nur in der Nähe von Wasser und bevor es regnete. Aber sie hatte sich vom Brunnen entsprechend weit weg gesetzt und der Himmel war klar und voller Sterne. Der wehklagende Ton ging in ein Gurgeln über, im Brunnen stieg das Wasser höher und höher, trat über den Rand und es brauste und wogte plötzlich ein mächtiger Wasserschwall daher, der ihre Feuer löschte und die Zelte davontrug. Die Menschen konnten gerade noch sich und die Tiere vor dem Ertrinken retten.

Aber ihre wenige Habe war dahin. Dann wurde es wieder still und das Wasser verschwand so plötzlich wie es gekommen war.

In dieser Nacht schlief niemand. Die Zelte und Decken waren fort, das Holz ringsum zu nass, um es wieder zu entzünden. So kauerten sie sich auf die Erde, weit genug vom Brunnen entfernt und wärmten sich gegenseitig. Auch die Schafe drängten sich an die Menschen, so als suchten sie bei ihnen Schutz. Wie gerne wären sie alle auf und davon gerannt, aber wie Mütterchen Onghi zu recht bemerkte, hätten sie sich in der Finsternis nur Hals und Beine brechen können. Außerdem war die Gefahr zu groß, in der Dunkelheit auch noch einen Teil der Schafe zu verlieren. Wenn sie so beisammen bleiben würden, meinte Mütterchen Onghi, würden auch die Schafe bei ihnen bleiben. Außerdem hätte sie kein Reißen in den Knochen mehr. Und so verging die Nacht, ohne weitere Vorkommnisse.

Endlich kam der Morgen. Die Sonne ging auf und es versprach ein schöner Tag zu werden, was der Nomadensippe nur recht war, so konnte wenigstens die Kleidung trocknen. Nun erst sahen sie den ganzen Schaden, den das Wasser aus dem Brunnen angerichtet hatte. Von ihrer Habe war wirklich nichts mehr da, kein einziges Zelt, nicht einmal mehr eine Zeltstange, keine Decken und alle Vorräte waren dahin. Sie hatten insgeheim gehofft, dass sie das eine oder andere davon noch in der weiteren Umgebung finden würden. Aber außer den Steinen der Ruine und dem nassem Holz war nichts zu sehen. Da trieben sie die Schafe zusammen, die sich auf Futtersuche verstreut hatten und verließen diesen unheimlichen Ort. Sie waren noch nicht sehr weit gegangen, da hörten sie plötzlich wieder diesen unheimlichen klagenden Laut und Mütterchen Onghis Knochen schmerzten so stark wie in der Nacht. In panischer Angst liefen sie alle auf einen nahen Hügel, auch die Schafe rannten dort hin. Und gerade noch rechtzeitig, denn schon kam eine mächtige Flut daher und riss Steine und Gebüsch mit sich fort. Der Hügel war ihre Rettung, denn er war hoch genug, so dass das Wasser nicht bis zu ihnen kam.

Als der Spuk vorüber war, wusste Mütterchen Onghi was zu tun war. „Wir müssen den Brunnen wieder zumachen", murmelte sie, „sonst verfolgt uns das Wasser, wohin wir auch gehen. Da liegt bestimmt ein Fluch darauf." Aber keiner wollte zurück, jedem graute es vor diesem Ort. „Dann muss wohl ich meine alten Knochen allein dorthin bewegen", sprach Mütterchen Onghi und schaute jedem aus ihrer Sippe prüfend in die Augen. Alle senkten den Blick und sie schämten sich ob ihrer Angst. Aber trotzdem wagte es keiner auch nur einen Schritt den Hügel hinunter zu gehen. Mütterchen Onghi zuckte nur mit den Achseln und machte sich auf den Weg. Zögernd folgten ihr erst zwei ihrer Brüder, dann folgte ihr noch ihre Tochter und auch deren drei Söhne kamen mit. Schließlich wollten ihr alle folgen, aber Mütterchen Onghi bedeutete den anderen dazubleiben und auf die Schafe zu achten. „Es reicht, wenn es uns erwischt", sprach sie und an ihre beiden Brüdern, ihre Tochter und die Enkelsöhne gewandt: „Aber keine Angst, wir werden es schon schaffen!"

Und so gingen die Sieben den Weg zurück, der nun wie ein ausgetrocknetes Flussbett aussah. Als sie zu dem Platz kamen, an dem sie am Tag zuvor gelagert hatten, dort wo früher einmal der Palast des Herrscherpaares gestanden hatte, da vernahmen sie plötzlich wieder diesen klagenden Laut. „Schnell!", rief Mütterchen Onghi, „schnell die Steine in den Brunnen!" und allen voran lief sie hin und wollte schon den ersten Stein hineinwerfen, da stolperte sie und fiel samt dem Stein in die Tiefe. Die anderen wollten sie noch festhalten, erwischten aber nur einen Zipfel ihres Rockes, der aber riss und sie hatten nur noch ein Stück Stoff in der Hand. Mütterchen Onghi war verschwunden, das Klagen verstummte und kein Wasser wallte hoch. Eine seltsame Stille breitete sich aus und weder ihre beiden Brüder, noch ihre Tochter mit den drei Söhnen wussten was sie tun sollten. Auch in den Brunnen springen? Davor warten? Zurückgehen und den anderen Bescheid geben, dass Mütterchen Onghi verschwunden war? So standen sie lange ratlos herum, unfähig, sich zu entscheiden.

Mütterchen Onghi aber wurde vor Schreck bewusstlos als sie in den Brunnen fiel und als sie wieder zu sich kam, staunte sie nicht schlecht, denn sie befand sich in einer Art Höhle. Diese war mit einer Kerze spärlich beleuchtet und in dem matten Schein erkannte Mütterchen Onghi zwei dunkle Gestalten. Sie beäugte die beiden neugierig und ohne Angst, und tastete dabei vorsichtig ihren Körper ab, ob wohl alles heil geblieben war bei dem Sturz in die Tiefe. Zufrieden nahm sie wahr, dass ihr nichts fehlte, nicht die kleinste Schramme und nicht der kleinste blaue Fleck und nicht einmal ihre Knochen taten ihr weh. Das fand sie seltsam. Irgendetwas war mit diesem Brunnen und was, das wollte sie schon herausfinden, so neugierig wie sie war.

Langsam ging sie auf die Beiden zu, die sich aber noch weiter in den Schatten zurückzogen. Da blieb Mütterchen Onghi stehen und sprach: „Wer immer ihr seid und was immer das hier für ein Ort ist – ihr seid mir eine Erklärung schuldig!"

Da fing die eine der beiden dunklen Gestalten zu weinen an und Mütterchen Onghi hörte das Weinen einer Frau. Die andere Gestalt räusperte sich und als sie versuchte zu sprechen, da hörte Mütterchen Onghi, dass dies ein Mann war, der sicher schon lange nicht mehr gesprochen hatte.

„Wir sind …", versuchte der Mann und brach wieder ab. „Wir sind …", probierte er erneut und langsam, mit vielen Räuspern und Wiederholungen erfuhr Mütterchen Onghi, dass die beiden ein Herrscherpaar waren, das vor langer Zeit in einem herrlichen Palast gelebt und ein blühendes Reich regiert hatte.

„Aber was ist geschehen?" fragte Mütterchen Onghi. Und die Frau, die inzwischen zu Weinen aufgehört hatte und langsam ins Licht der Kerze trat, antwortete: „Das ist … eine lange … Geschichte …", und wieder weinte sie. Da trat Mütterchen Onghi zu ihr hin, riss dort, wo der Zipfel schon abgerissen war ein weiteres Stückchen Stoff von ihrem Rock und hielt es der Frau hin, damit sie sich schnäuzen konnte. Im Kerzenlicht sah diese Frau sehr erbärmlich aus, nicht wie eine einstige Herrscherin, eher wie eine heruntergekommene Bettlerin. Sie war bleich wie der Tod, die Haare hingen ihr schmutzig und wirr um das Gesicht, dessen Wangen eingefallen waren. Ihre Augen lagen tief in den Höhlen und waren wohl vom vielen Weinen ganz gerötet. Auch der Mann sah nicht viel besser aus und sein Bart war lang und verfilzt. Die beiden boten einfach ein Bild des Jammers.

Praktisch wie Mütterchen Onghi war, fragte sie schließlich, ob es denn hier was zu essen gäbe und die Frau brachten ihr eine kleine schmutzige Schüssel, in der sich eine undefinierbare Brühe befand. „Das ist das Einzige, das wir haben", sagte die Frau und hielt sie ihr hin. „Was ist das"? wollte Mütterchen Onghi wissen. „Hier in der dunklen Feuchte wachsen Pilze, daraus bereite ich diese Suppe, sie schmeckt zwar nicht, aber sie hielt uns die ganze Zeit über am Leben", antwortete die Frau.

Mütterchen Onghi verspürte keinen Appetit auf diese Suppe, so hungrig war sie nun doch wieder nicht. „Es muss doch einen Ausweg geben", dachte sie, denn sie war alt genug und hatte viel erlebt und noch mehr gelebt, um zu wissen, dass es immer einen Ausweg gab, nichts konnte so schlimm sein. „Nun erzählt mir, wie ihr in diese Lage gekommen seid", bat sie die beiden und die Frau, immer wieder durch Weinen unterbrochen, fing an:

„Wir waren so glücklich, das Reich gedieh und alles was wir taten, gelang uns zum Guten. Bis ... Eines Nachts erwachte ich und verspürte großen Durst. Da begab ich mich in die Küche unseres Palastes, um mir Wasser aus einem Krug zu holen. Es war niemand da, der mir das Wasser hätte bringen können und meinen Mann wollte ich nicht wecken. Ich begab mich also nach unten. Da hörte ich einen unheimlichen, wehklagenden Ton und obwohl ich große Angst verspürte, war meine Neugier doch größer und ich ging diesem Ton nach. Er kam aus dem Brunnen, der im Innenhof unseres Palastes stand. Und je näher ich diesem Brunnen kam, desto größer wurde meine Angst, aber ich hatte keine Macht mehr über mich und obwohl ich am liebsten zurückgelaufen wäre und mich in meinem Bett verkrochen hätte, musste ich zu diesem Brunnen hingehen und hineinsehen. Da zog mich etwas in den Brunnen hinab. Mein Mann war von dem Laut auch aufgewacht und da er mich nicht neben sich liegen sah, ging er mich suchen. Er war von einer seltsamen Unruhe erfasst und als er in den Innenhof trat, sah er mich gerade im Brunnen verschwinden. Er eilte hinzu, um mich festzuhalten, aber auch er wurde mit in die Tiefe gezogen. Und das Seltsame war, dass wir nicht im Wasser des Brunnens ertranken, sondern hier in dieser Höhle landeten, und dass niemand – in dieser ganzen Zeit – niemand uns hier begegnet ist. Es gibt weiter hinten ein kleines Wasserrinnsal, das unseren Durst löscht und mit dem ich die Suppe bereiten kann. Auch etwas Holz gibt es das einigermaßen trocken ist, um Feuer zu machen. Ein kleiner Kessel zum Kochen und Kerzen, sowie Feuerhölzer. Anfangs waren wir sehr sparsam mit dem Holz und mit den Kerzen, bis wir herausgefunden haben, dass beides nicht ausgeht, soviel wir auch davon benutzten. So haben wir wenigstens immer ein kleines Licht in diesem Dunkel und ein Feuer, an dem wir uns wärmen und diese Pilzsuppe kochen können.

Wie lange wir schon hier sind, wissen wir nicht, es scheint uns eine Ewigkeit zu sein und wie gerne wären wir schon gestorben, aber irgendetwas hält uns am Leben und wir wissen nicht was."

Lange weinte die Frau wieder, nachdem sie ihre Geschichte beendet hatte und der Mann saß in sich zusammengesunken am Boden.

„Eine wirklich seltsame Geschichte", dachte sich Mütterchen Onghi, laut sagte sie zu den beiden: „Letzte Nacht hatten wir auch diesen klagenden Ton gehört", und dann kam ein reißender Strom aus dem Brunnen! Das Wasser hätte euch ja ertränken müssen." Und sie fragte, ob sie denn wüssten, was das zu bedeuten habe. Aber die beiden wussten es nicht. Auch nicht wann es Tag war oder Nacht.

„Eine wirklich seltsame Geschichte", sagte sich Mütterchen Onghi erneut und sah sich den Ort, an dem sie gelandet war, genau an. Was wie eine Art Höhle aussah, verlor sich nach hinten in eine pechschwarze Tiefe. Vorne an der Feuerstelle stand ein Tisch aus roh behauenem Stein mit zwei ebenso roh behauenen Steinquadern zum Sitzen. Es gab ein Lager, das sich die beiden aus Moos bereitet hatten. Ein dünner, vor Schmutz starrender Morgenmantel des Mannes diente den beiden als Zudecke. Die Frau erklärte ihr, wie sie das Moos für das Lager mit ihren Fingernägeln vorsichtig von den Wänden bei dem Wasserrinnsal gelöst und am Feuer getrocknet hatte. Sie zeigte ihr auch die Stelle weiter hinten, wo sich das Rinnsal befand, und wo das Moos so nass und modrig war, dass Pilze daraus wuchsen.

„Und ihr seid nie auf den Gedanken gekommen, noch weiter nach hinten zu gehen, dort wo sich der Raum im pechschwarzen Dunkel verliert"? wollte Mütterchen Onghi wissen. Und die beiden schüttelten nur die Köpfe, es schauderte sie schon allein bei dem Gedanken. Auch Mütterchen Onghi schüttelte den Kopf, aber aus Verwunderung über solch eine Unbegreiflichkeit, denn praktisch veranlagt wie sie war, hätte sie das wohl als erstes ausgekundschaftet. Und so nahm sie eine Kerze von dem Haufen, der neben dem Lager aufgeschichtet war, zündete sie an der Kerze, die auf dem Tisch stand an und ging einfach in dieses pechschwarze Dunkel hinein.

Lange ging Mütterchen Onghi und ihr war, als ginge sie in einem Hohlraum, in einer Art Röhre. Das Licht der Kerze wurde von der Dunkelheit verschluckt und sie konnte nichts erkennen, weder vor, noch über oder unter ihr. Mütterchen Onghi ging noch eine Zeit lang, wollte aber dann doch lieber umkehren. Plötzlich spürte sie einen Luftzug, und wo ein Luftzug war, da musste es eine Tür oder ein Fenster oder so etwas Ähnliches geben, dachte sie. Jedenfalls gab es endlich eine Bewegung, der sie wieder neugierig folgen konnte.

Und irgendwann – Mütterchen Onghi wusste nicht mehr, wie lange sie diesem Hauch nachgegangen war – da wurde es heller und heller, der Raum öffnete sich und sie trat in eine hohe Halle. Die Wände waren aus schwarzem Marmor und in der Mitte stand ein Tempel, getragen von Säulen aus weißem Marmor. Kaum aber hatte sie die Halle betreten, da taten ihr wieder die Knochen weh, so weh wie neulich in der Nacht, als das Wasser aus dem Brunnen kam. Sie schaute sich um und sah in der Mitte des Tempels ein Becken mit kristallklarem Wasser, gefüllt bis zum Rand. Und in dem Becken lag ein Wesen, wie sie es noch nie gesehen hatte. Es war kein Tier, obwohl es so etwas wie einen Schwanz hatte. Es war auch kein menschliches Wesen, obwohl es menschliche Augen hatte. Und es hatte zwei Köpfe, einer war weiß, der andere schwarz. Der schwarze hing vornüber und wirkte seltsam leblos. Es war …, Mütterchen Onghi hatte keine Worte für dieses Wesen. Die Augen aber – sie hatte noch nie solche Augen gesehen, diese Augen sahen sie mit unendlichem Schmerz an. Mütterchen Onghi wurde von so tiefem Mitgefühl erfasst, dass sie zu diesem seltsamen Wesen hinging, sich an den Beckenrand setzte und fragte: „Welches Leid ist dir widerfahren, welcher Schmerz peinigt dich?"

Da kam das Wesen an den Rand des Beckens und Mütterchen Onghi konnte sehen, dass ein dicker Splitter im Auge des schwarzen, leblosen Kopfes steckte. Ohne lange nachzudenken zog sie ihn heraus. Da bäumte sich das Wesen auf und tauchte dann im Becken unter. Als es wieder auftauchte, war auch der schwarze Kopf wieder lebendig und am verletzten Auge war keine Wunde zu sehen. Und das Wesen sprach zu ihr, das heißt, der weiße Kopf sprach, während der schwarze das Gesprochene wie ein Echo wiederholte.

„Was wir uns vom Herrscherpaar erhofften, …erhofften, … hast du uns erbracht … uns erbracht! … Hab Dank für dein Mitgefühl … Mitgefühl! … Du hast unsere Wunde geheilt … unsere Wunde geheilt!"

Mütterchen Onghi wurde ganz schwindlig von diesem Echosingsang. Da sprach das Wesen nur noch mit einer Stimme und erklärte ihr, dass es als Doppelwesen über die unterirdischen Gewässer wachte. Einst aber kam ein Dämon und wollte die Herrschaft über die Wasser an sich reißen. Es gab einen gewaltigen Kampf, bei dem der Dämon besiegt wurde, aber das Wesen wurde dabei verwundet. Eine

Kralle des Dämons blieb im Auge seines schwarzen Kopfes stecken und das Wesen konnte sie nicht herausziehen. Die Kralle aber würde es langsam vergiften, erst innerlich, doch mit der Zeit auch äußerlich, und es in jenen Dämon verwandeln, gegen den es gekämpft hatte. Nur die mitfühlende Frage eines menschlichen Wesens und die Entfernung der Kralle konnten helfen, den Prozess der Verwandlung aufzuhalten.

In ihrer Verzweiflung hatten sie das Herrscherpaar des Reiches zwischen dem Diesseits und dem Jenseits, das bekannt war wegen seiner Weisheit und Güte, in die Tiefe gelockt, in der Hoffnung, die beiden wären in der Lage zu helfen. Doch das Herrscherpaar blieb am Eingang zu ihrer unterirdischen Welt hängen und wagte sich nicht weiter in die Tiefe. Die beiden waren nun in ihrem eigenen Leid gefangen.

„Dass sie nicht mehr zurück in ihr Reich konnten, dafür hatten wir in unserer unsagbaren Enttäuschung gesorgt. Nie hätte das geschehen dürfen! Dies war bereits ein Zeichen der dämonischen Veränderung, auch dass wir langsam die Kontrolle über die unterirdischen Gewässer verlieren. Wir versuchen uns zurückzuhalten, denn immer, wenn wir in unserem Schmerz aufstöhnen, gibt es in der oberen Welt eine Überschwemmung. Wir wagen nicht daran zu denken was geschehen würde, wenn wir dem rasenden Schmerz endlich nachgeben."

Dann sahen sie Mütterchen Onghi nachdenklich an und das doppelköpfige Wesen sprach weiter, in dem der andere wieder mit einfiel:

„Du hast uns gerettet, - gerettet! Obwohl die Überschwemmung, die wir verursacht haben – verursacht haben … dir und deinem Volk großen Schaden zugefügt hat – Schaden zugefügt hat …! Lass uns diese Schuld wieder gutmachen – wieder gut machen … und wünsche dir, was immer du willst – immer du willst,… es sei dir gewährt – dir gewährt!"

Mütterchen Onghi schaute das doppelköpfige Wesen prüfend an, sie wusste nicht, was sie davon halten sollte – aber vielleicht konnte dieses Wesen wirklich Wünsche erfüllen, bei all dem Wundersamen, das sie bis jetzt erlebt hatte. Und nach längerem Überlegen sprach sie: „Wenn ihr mir wirklich einen Wunsch erfüllen wollt, dann bewirkt, dass meine Sippe wieder das bekommt, was sie durch die Überschwemmung verloren hat – und wenn es in eurer Macht steht, dann wünsche ich auch, dass das Herrscherpaar seine Würde und sein Reich zurückerhält. Es ist euer nicht würdig, die beiden weiterhin zu bestrafen, nur weil sie eure Erwartungen nicht erfüllt haben."

Und die Augen, diese Augen! Diese tiefgründigen, seelenvollen Augen des doppelköpfigen Wesens sahen Mütterchen Onghi lange an, und je länger sie Mütterchen Onghi ansahen, desto mehr Liebe strahlte aus ihnen, bis Mütterchen Onghi wie in einen Mantel aus Liebe eingehüllt war. Und sie hörte wie aus weiter Ferne: „Es geschehe so, wie du es dir gewünscht hast!" Dann wurde es schwarz um Mütterchen Onghi und sie verlor ihr Bewusstsein. Als sie wieder zu sich kam, befand sie sich vor dem Brunnen, ihre beiden Brüder, ihre Tochter und deren drei Söhne stürzten ihr mit einem Aufschrei entgegen. Sie lachten und weinten und fragten ganz aufgeregt durcheinander, bis Mütterchen Onghi schließlich energisch um Ruhe bat. Sie wollte gerade anfangen zu erzählen, was sie erlebt hatte, da bebte plötzlich die Erde, es rumpelte und rumorte und vor ihren staunenden Augen erhob sich ein herrlicher Palast, so dass sie sich auf einmal in einem schönen Innenhof befanden, in dessen Mitte ein marmorner Brunnen stand und aus dem Brunnen stiegen der Herrscher und die Herrscherin des vergessenen Reiches. Sie waren in prächtige Gewänder gekleidet und die Krone der Herrscherwürde strahlte wieder auf ihren Häuptern.

Tief bewegt traten sie zu Mütterchen Onghi und beugten vor ihr die Knie, senkten ihr Haupt vor ihr und dankten ihr tausendmal für ihre Errettung. Mütterchen Onghi wehrte ab. Aber ein bisschen gefiel es ihr doch und lächelnd bat sie die beiden, wieder aufzustehen.

Sie und ihre Sippe aber wurden sesshaft in diesem Reich und der Wunsch von Mütterchen Onghi wurde erfüllt und mehr noch als das, denn sie erhielten nicht nur ihre Zelte und all ihre Habe zurück, sondern konnten diese gegen feste Häuser und weite, fruchtbare Ländereien eintauschen, die sie von dem Herrscherpaar übereignet bekamen. Einige von ihnen hatten Angst, durch die Sesshaftigkeit ihre Freiheit zu verlieren, aber schließlich merkten sie, dass sie dadurch eine ganz andere Art von Freiheit gewonnen hatten.

Die Freiheit Wurzeln zu schlagen und in die Höhe und Breite zu wachsen. Die Freiheit, ihr Leben selbst zu gestalten, in welche Richtung auch immer.

Das Reich aber, das Reich zwischen dem Diesseits und dem Jenseits gelangte wieder zur vollen Blüte.

Das Mädchen und der Tod

Es war einmal ein Mädchen, das wurde in der Blüte seiner Jugend plötzlich krank. Die Eltern bangten um das Leben ihrer Tochter, denn sie wollte einfach nicht mehr gesund werden. Ärzte wurden geholt und Heiler, doch jeder schüttelten nur den Kopf, keiner konnte helfen.

Da fragte das Mädchen seine Mutter, ob es denn bald sterben müsse und wollte wissen, wie das ist, mit dem Sterben und dem Tod. Aber die Mutter weinte nur und konnte ihm nichts sagen. Da fragte das Mädchen seinen Vater, aber der musste plötzlich zu einem dringenden Geschäft fort und eilte hinaus.

So oft und wen auch immer das Mädchen nach dem Tod fragte, es bekam keine Antwort, aber es sah die Angst in den Augen der Menschen. Nur eine alte Tante, die eines Tages zu Besuch kam, antwortete auf die Frage des Mädchens:

„Ach ja, sterben müssen wir alle. Ob jung oder alt, reich oder arm – der Tod, der große Schnitter, holt uns alle." Und sie zeigte dem Mädchen ein Bild von einem weißgerippigen, schwarz gekleideten Mann mit grinsendem Totenschädel und einer Sense in der Hand. Da bekam auch das Mädchen große Angst vor dem Tod und konnte nun verstehen. dass keiner mit ihm über den Sensenmann sprechen wollte und hörte auf zu fragen.

Das Mädchen aber wurde immer schwächer. Als der Frühling ins Land kam, da wollte es noch einmal im Garten unter dem großen Apfelbaum liegen. Und die Mutter hüllte es in eine warme Decke und der Vater trug es hinaus. So lag nun das Mädchen unter dem blühenden Apfelbaum im Liegestuhl in der Sonne und erfreute sich am Duft der Blüten, dem Gesumme der Bienen und dem Gesang der Vögel. Nach einiger Zeit kam ein schmucker Jüngling vorbei und als er das Mädchen unter dem Apfelbaum sah, kam er an den Zaun und sprach es freundlich an. Es antwortete ihm und so gab ein Wort das andere. Je länger aber das Mädchen mit dem Jüngling sprach, desto mehr wuchs seine Zuneigung zu ihm und schließlich bat es ihn, doch in den Garten zu kommen und sich zu ihm zu setzen.

Der Jüngling also trat in den Garten, setzte sich an die Seite des Mädchens und nahm dessen Hand in die seine. Ein nie gekanntes Glücksgefühl durchströmte das Mädchen, und so willigte es sofort ein, als der Jüngling es bat, aufzustehen und mit ihm doch ein wenig spazieren zu gehen, ohne darüber nachzudenken, dass es dazu ja viel zu schwach war.

Der schmucke Jüngling aber nahm das Mädchen an der Hand und ging mit ihm aus dem Garten hinaus. Und sie gingen über blühende Wiesen, lachten und scherzten miteinander und dem Mädchen wurde immer leichter zu Mute. Alle Krankheit schien von ihm abgefallen zu sein und es tanzte ausgelassen in der Sonne, die immer heller strahlte.

Endlich fragte das Mädchen den Jüngling: „Wer bist du eigentlich und wohin gehen wir?"

Da antwortete er: „Das weißt du nicht? Ich bin der Tod und das hier ist der himmlische Garten – ich bringe dich nach Hause!"

„Aber wie kannst du der Tod sein? Du bist jung und schön – der Tod aber ist ein scheußliches Gerippe mit schwarzem Umhang und einer Sense in der Hand und alle haben Angst vor ihm – auch ich. Vor dir aber habe ich keine Angst, und an deiner Seite zu gehen macht mich froh! Du kannst nimmer der Tod sein!"

Da lächelte der Jüngling und sprach: „Das Bild das sich die Menschen von mir machen ist von ihrer Angst geprägt. Ich aber komme so, wie ihre Seele mich erschaut."

Ich habe deine Größe geschaut

Ich habe
deine Größe geschaut,
Tod
und sah,
dass mein Gefäß
viel zu klein war,
um dich
zu fassen!

Wie ein
Wassertropfen im Meer
verschwand meine Seele
in deiner Liebe!

Tiefer Frieden!

Walfänger

Wer die Weite des Meeres kennt, weiß um die Unendlichkeit. Doch des Menschen Maß ist die Zeit.

Es ist schon lange her, da lebte in einer Hafenstadt ein junger Fischer mit seiner Frau und seiner kleinen Tochter. Von Jahr zu Jahr aber verringerten sich die Fischbestände, so dass es immer schwieriger wurde, damit eine Familie zu ernähren. Deshalb verdingte sich der junge Fischer schließlich als Walfänger auf einem großen Schiff. Doch jedes Mal, wenn er mit den anderen einen Wal tötete, blutete ihm das Herz. Aber was sollte er machen? Der Hunger trieb ihn immer wieder hinaus.

Einmal, als sie wieder zum Walfang hinausfuhren, brach ein schrecklicher Sturm los, dem selbst das große Schiff nicht gewachsen war. Riesige Wogen brachten es zum kentern und innerhalb kurzer Zeit war es in der Tiefe verschwunden. Alle Männer ertranken, alle, bis auf den jungen Fischer. Als er zu sich kam, glaubte er sich im Himmel, denn er lag in einem leicht wogenden Bett, auf seidenen Kissen und mit seidenen Decken zugedeckt. Zumindest hielt er den glänzenden, weichen und federleichten Stoff dafür. Der Raum, in dem er lag, leuchtete in einem sanften Blau und auch hier hatte der Fischer das Gefühl, als woge er leicht hin und her, so dass ihm schwindlig wurde, obwohl er als Seemann einiges gewohnt war.

Kaum hatte er sich im Bett aufgerichtet, da erschien eine Frau, eine wahre Schönheit, wie der Fischer noch keine gesehen hatte. Er wollte etwas sagen…, sie fragen…, doch mit einer Entschiedenheit bedeutete sie ihm zu schweigen. Sie stellte ihm ein Essen auf ein kleines Tischchen und verschwand wieder.

Jetzt erst merkte der junge Fischer, wie hungrig er war, stieg aus dem Bett und machte sich über das Essen her. Es schmeckte vorzüglich, obwohl er das, was auf dem Teller war, nicht kannte. Danach wurde er seltsam müde und legte sich wieder hin. Er erwachte von einem schmerzhaften ziehen und zerren in seinem Körper und merkte, wie er sich wand und drehte. Das Bett war verschwunden, auch der blaue Raum war nicht mehr da und um ihn herum war nur Wasser. Die Atemnot zwang ihn nach oben zu steigen. Es ging mühelos und da erkannte er, dass er sich in einen Wal verwandelt hatte. Er wusste nicht, was er davon halten sollte, denn das gewohnte Denken gelang nicht mehr. Er fühlte nur eine unbändige Kraft und Lebensfreude und schoss durch die Wogen dahin, tauchte wieder in die Tiefe, um gleich wieder hochzusteigen und große Wasserfontänen in die Luft zu prusten. Mit der Zeit wurde er dann doch müde und ließ sich endlich langsam nach unten sinken, mit dem Bild eines blauen Wasserschlosses in sich, dann verlor er das Bewusstsein.

Als er zu sich kam, lag er wieder in dem blauen Raum auf dem Bett, auf dem er vorher gelegen hatte. Die Schönheit kam herein und mit ihr ein uralter Greis, dessen Haar wie ausgebleichter Seetang aussah. Die Haut war bräunlich und verschrumpelt und voller Seepocken. Die beiden sprachen nicht und doch nahm sein Geist ihre Botschaft auf und vor seinem inneren Auge entfaltete sich eine magische Wasserwelt mit all seinen Bewohnern. So hatte er sie noch nie wahrgenommen. Er kannte diese Welt nur als Nahrungsquelle für sich und seine Familie. In einer nicht enden wollenden Reihe von Bildern erfuhr der Fischer, was es bedeutete im Meer zu leben und erfuhr, dass das Meer selbst ein lebendiges Wesen war. Doch irgendwann wurde er müde und schlief ein.

Als er erwachte, brachte die schöne Frau wieder ein Essen und der Fischer wurde wieder zum Wal. Es gab keine Zeit. Es gab nur die Phasen in denen er ein Mensch war und von dem alten Greis und seiner Tochter immer tiefer in die Geheimnisse der Wasserwelt eingeführt wurde, und die Phasen, in denen er ein Wal war und in unbändiger Lebenskraft und Lebensfreude das Meer durchpflügte.

Was geschah inzwischen in der kleinen Hafenstadt? Als bekannt wurde, dass das Schiff mitsamt der Besatzung untergegangen war, wurde für die Seemänner eine Messe gelesen und den Angehörigen eine kleine Entschädigungssumme ausgezahlt. Die Frau des jungen Fischers war überzeugt, dass ihr Mann noch lebte – aber je mehr Zeit verging, ohne dass er auftauchte, desto mehr verließ sie der Mut. Auch musste sie sich eine Arbeit suchen, denn das Geld, das sie bekommen hatte, reichte nicht sehr lange.

So vergingen die Jahre. Die Tochter wuchs heran, heiratete und bekam einen Sohn. Sie nannte ihn Ole, nach ihrem Vater. Die Großmutter aber wurde nie müde, ihm Geschichten von seinem Großvater zu erzählen, von seinen Heldentaten und welch großer Walfänger er gewesen war, bis das Meer ihn geholt hatte. Vielleicht brauchte sie selbst diese Geschichten, um über den Verlust ihres Mannes hinwegzukommen. Ole aber wollte auch so ein großer Walfänger werden. Als er noch klein war, lachten seine Mutter und seine Großmutter darüber. Aber als er herangewachsen war und bei einem Walfänger anheuerte, lachten sie nicht mehr. Verzweifelt wollten sie ihn davon abbringen, damit das Meer nicht auch ihn hole. Aber Ole hörte nicht auf sie. Er wollte es seinem Großvater gleich tun und auch ein Held werden.

Und es kam, wie es kommen musste. Das Schiff geriet in einen heftigen Sturm, der es zum kentern brachte. Alle Männer ertranken – bis auf Ole. Ein großer Wal bugsierte ihn sanft auf seinen Rücken und trug ihn durch das aufgewühlte Meer sicher ans Ufer. Der Junge staunte nicht schlecht, als sich der Wal plötzlich in einen alten Mann verwandelte und noch mehr, als der Alte zu ihm sprach. Er erzählte ihm, was es bedeutet im Meer zu leben und dass das Meer selbst ein lebendiges Wesen war. Und während der Alte sprach, hörte der Junge die Stimme des Ozeans und den Gesang der Wale.

Zum Schluss nahm ihn der alte Mann in die Arme und sagte ihm, dass er sein Großvater sei. Doch auf die Bitte, mit ihm nach Hause zu gehen, schüttelte der Alte nur den Kopf und sagte: „Ich habe schon viel zu lange im Meer gelebt und kann nicht mehr in die Welt der Menschen zurück. Sage nichts, weder deiner Mutter und schon gar nicht deiner Großmutter! Sie würden es nicht verstehen. Es muss unser Geheimnis bleiben. Aber immer wenn du mich sehen willst, fahre mit deinem Boot aufs Meer hinaus und ich werde dann bei dir sein."

„Und wenn sie dich dann fangen und töten, Großvater?" fragte Ole verzweifelt.

„Sie werden mich nicht fangen mein Enkel, denn ich stehe im Schutz der Wasserwesen – und du... ich denke, dass du jetzt kein Walfänger mehr werden willst."

Nein, Ole wurde kein Walfänger, aber ein Held wurde er trotzdem, denn schon bald gründete er eine Gemeinschaft, die sich zum Ziel gesetzt hatte, die Wale zu retten. Als Anwalt der Wale hatte er sowohl auf dem Land, als auch auf dem Wasser Großes geleistet und viele Anhänger gewonnen. Das Geheimnis seines Großvaters aber hatte er erst am Sterbebett seinem Enkel verraten. Und während Ole sprach, hörte der Junge die Stimme des Ozeans und den Gesang der Wale.

Die Kuckucksfeder

Früher – lang ist es schon her – da gab es den Beruf des Köhlers. Wer kennt ihn heute noch? Diese oft rauen, verrußten Gesellen, waren den Menschen nicht geheuer, deshalb wurde ihnen oft alles Schlechte und sogar Hexerei angedichtet. Meist hatten sie ihre Meiler tief im Wald, in denen sie Holz zu Kohle verglühen ließen, und wohnten in kleinen schäbigen Hütten. Holzkohle war sehr begehrt, da man mit ihr so große Hitze erzeugen konnte, dass sogar Eisenerz flüssig wurde. Später kam dann die Steinkohle, dann der elektrische Strom und die Arbeit der

Köhler verlor immer mehr an Bedeutung. Aber viele Zeitalter hindurch waren die Köhler wichtig, wenn sie auch von den meisten verachtet wurden und am Rande der Gesellschaft lebten.

Ihre Arbeit war hart und gefährlich, denn wenn man nicht ganz genau aufpasste und zu viel oder zu wenig Luft in den Meiler ließ, konnte es vorkommen, dass entweder die Glut ausging und man die Arbeit wieder von vorne anfangen musste, oder der ganze Meiler zu brennen anfing. Das war dann ein rechtes Höllenfeuer, bei dem man nur aufpassen konnte, dass die Hütte und die Bäume ringsum nicht auch noch Feuer fingen und der Lohn für die schwere Arbeit ging dann buchstäblich in Rauch auf. Deshalb baute man einen Kohlenmeiler immer in die Nähe eines Baches, um genug Wasser zum Löschen zu haben.

So lebte vor langer Zeit ein Bursche, der war Köhler, wie schon sein Vater, sein Großvater und der Urgroßvater auch. Niemand machte sich Gedanken darüber, seit Generationen ging der Kohlenmeiler vom Vater auf den Sohn über. Sicher gab es immer wieder auch Töchter, die sich dann meistens als Mägde bei den Bauern verdingten, oder zwei oder drei Buben mehr. Dann übernahm der Älteste den Meiler und die anderen halfen bei der Arbeit oder zogen in die Welt hinaus um ihr Glück zu suchen.
Der Bursche lebte allein. Seine Eltern waren schon gestorben und seine ältere Schwester war bereits mit zehn Jahren als Dienstmagd zu einem der reichsten Bauern der Umgebung gekommen. Er hatte nie wieder etwas von ihr gehört und machte sich deswegen keine Gedanken, so war das Leben. Die Menschen kamen und gingen. Und wie er es aus den Erzählungen seines Großvaters herausgehört hatte – denn viele Worte machte dieser eigentlich nicht – kamen diejenigen, die dem harten Leben eines Köhlers den Rücken gekehrt hatten, auch nie mehr zurück. Ob sie ihr Glück gefunden hatten, oder gestorben waren, darüber machte man sich hier im Wald keine Gedanken.

Eines Morgens, es war ein kühler Frühlingsmorgen, war er gerade dabei den Meiler anzustechen, weil etwas Luftzufuhr notwendig wurde, da sprang eine junge Frau aus dem Wald. Wegen ihrer weiten leichten Sprünge dachte er zuerst es sei ein Reh. Sie lief ihm direkt vor die Füße und nun sah er auch, dass sie ein Bündel trug. „Bitte verstecke mich und mein Kind", flehte sie ihn an, doch der Bursche stand einfach nur da und starrte sie an, zu erschrocken, zu verwundert, um zu reagieren. Da hörte man von Ferne Hundegebell und die junge Frau flehte noch inständiger: „Bitte verstecke uns!"

Das Hundegebell kam näher und die junge Frau wollte schon davonspringen, da kam endlich Leben in den Köhler und er rannte mit ihr in seine Hütte. Kurz davor beugte sie sich im Lauf zum Boden hinab und nahm mit ihrer Hand von dem Kohlenstaub auf, von dem es jede Menge gab. Dann blies sie ihn aus ihrer Hand über den Boden und vor den erstaunten Augen des Burschen formte sich aus dem Staub ein Reh, das davon sprang. Er konnte in seiner Hütte Mutter und Kind gerade noch hinter einem Berg von Kohlensäcken verstecken und zu seinem Meiler zurücklaufen, da kam auch schon die Meute daher, gefolgt von einem halben Dutzend Jägern. Die Hunde liefen witternd um den Meiler und um die Hütte herum, dann entdeckten sie wieder eine Spur, und jaulend und bellend hetzten sie weiter in den Wald, in die Richtung, in der das Reh aus Kohlenstaub verschwunden war, und die Jäger galoppierten hinterher. Einer aber blieb zurück. Er schaute den Köhler grimmig an und fragte, ob er denn nicht die Frau gesehen hätte, die hier vorbeigelaufen wäre. Der aber schüttelte nur den Kopf und brummte: „I hab nur a Reh g'sehn." Da gab auch dieser seinem Pferd die Sporen und ritt den anderen nach.

Der Köhler setzte sich nun erst einmal auf seine Bank, die an der Südseite seiner Hütte stand. Das war zu viel Aufregung für einen Morgen. Und zu allem Überdruss musste er nun sehen, dass sein Meiler ausgegangen war. Kein Rauch stieg mehr auf, und das hieß: alles abreißen, warten bis die Scheiter abgekühlt waren, und dann alles wieder von vorne aufbauen, abdecken und anzünden. Voller Zorn stapfte er zu seiner Hütte. In diesem Augenblick kam die junge Frau heraus. Er wollte sie gerade anfahren, da nahm sie wieder etwas Kohlenstaub auf und blies ihn über den Meiler – und siehe da, plötzlich stieg wieder schöner, leichter, blauer Rauch auf, der anzeigte, dass alles in bester Ordnung war.

„Bist du eine Fee?" stieß der Köhler rau hervor, „wohl eher eine Hexe, weil sie dich verfolgen." Ihm war gar nicht wohl bei dem Gedanken, auch sein Zorn war noch nicht verraucht. Selbst wenn sein Meiler wieder brannte, er hielt nicht viel von unerwartetem Besuch, und schon gar nichts von seltsamer Magie.

„Ja, ich bin eine Fee", antwortete sie leise, „und keine böse Hexe. Du brauchst also keine Angst vor mir zu haben. Selbst wenn ich eine solche wäre – du hast mir und meinem Kind gerade das Leben gerettet. Dafür stehe ich hoch in deiner Schuld."

Sie gingen in die Hütte zurück und da riss der Köhler wieder seine Augen auf, denn alles war hell und sauber. Das war nicht mehr seine Hütte! Das ging ihm nun doch zu weit! Dazu hatte sie nicht das Recht! Plötzlich fühlte er sich schmutzig und grobschlächtig neben dieser hellen, zarten Frau und fremd im eigenen Zuhause.

„Bitte verzeih mir!" rief da die junge Frau schnell, noch bevor er etwas sagen konnte, „ich dachte, ich mache dir damit eine Freude. Verzeih mir!" und wieder nahm sie etwas Kohlenstaub auf, blies ihn von ihrer Hand und seine Hütte sah wieder so aus, wie er es gewohnt war.

Der Bursche setzte sich an den Tisch, barg den Kopf in seine Hände und fing mit einem Mal zu weinen an. Er wollte es nicht, aber es brach aus ihm heraus und er konnte die Tränen nicht zurückhalten. Er schämte sich deswegen. Das war ihm noch nie passiert, seinem Vater nicht und auch seinem Großvater nicht. Die Weiber, ja die konnten weinen und einem damit ganz schön auf die Nerven gehen – und die Kinder. Aber ein Mannsbild! Ein Mannsbild weint doch nicht! Er wurde so wütend, wie noch nie in seinem Leben, sprang auf und brüllte: „Nimm dein Balg und verschwinde!"

Sie aber stand nur da und schaute ihn an, und ihr Blick war sanft und liebevoll. Da sank der Köhler wieder auf die Bank und brach erneut in Weinen aus. Es überflutete ihn. Wie die Brandung eines Meeres rollte es heran, zog sich wieder zurück und rollte erneut heran. Sie aber stand nur da und schaute ihn an, ruhig und voller Mitgefühl. Schließlich zog sie ein Taschentuch aus ihrem Gewand und reichte es ihm. Dabei sprach sie: „Es ist für einen Mann keine Schande, wenn er weint. Im Gegenteil, nur der wirklich Mutige vermag zu weinen. Tränen sind nicht Zeichen der Schwäche, sondern der Tau der Seele."

Er nahm das Tuch, schnäuzte sich geräuschvoll und trocknete sein Gesicht. Verwundert stellte er fest, dass seine ganze Wut verraucht war, gelöscht von der Flut der Tränen. Auch das Schamgefühl war verschwunden und das verwunderte ihn noch mehr. Nachdenklich schaute er die Frau an, die sein ganzes Leben gerade auf den Kopf stellte. „Wer bist du?" fragte er leise und musste sich räuspern, denn irgendwie war auch seine Stimme in der Tränenflut untergegangen.

„Nenne mich Mól", antwortete sie. „Ich gehörte dem Volk der Mónadhinn an. Ein uraltes Feengeschlecht, das tief in den Bergen lebt. Wir zeigen uns kaum mehr den Menschen, denn wir haben von ihnen meist nur Schlimmes erfahren. Aber wir können denen, die in großer Not sind, unsere Hilfe nicht verweigern, so deren Seele uns ruft.

Ein Mann, der die Berge über alles liebte und schon viele Berggipfel und Gletscher erstiegen hatte, geriet auf einer seiner Bergtouren in eine Lawine und wurde dabei in eine Gletscherspalte gedrückt. Seine Seele hatte mich gerufen. Ich fand ihn, als er schon dem Tode nahe war und brachte ihn zurück in seine Welt. Dabei entstand ein tiefes Band der Liebe zwischen uns und ich verließ mein Volk, um mit ihm zu leben. Wenn wir Feen das tun, wenn wir uns mit einem Sterblichen verbinden, verlieren wir unsere Unsterblichkeit und können nicht mehr zu unserem Volk zurück. Doch meine Liebe war so groß, dass ich das gerne auf mich nahm. Ich folgte ihm also in sein Dorf und eine ganze Weile genossen wir unser Glück, das noch größer wurde, als unser Sohn auf die Welt kam. Und weil dort, wo eine Fee glücklich ist, auch alles Leben gut gedeiht, ging es uns, und schon bald dem ganzen Dorf, sehr gut. Leider weckt bei euch Menschen das Glück der Einen schnell den Neid der Anderen. Mein Liebster wurde in Verruf gebracht, mit einer Hexe in wilder Ehe zu leben, was für die Menschen im Dorf, jedes für sich schon eine unverzeihliche Sünde war, aber beides zusammen ihrer Meinung nach mit dem Tod bestraft werden musste. Die aufgehetzten Dorfbewohner zündeten vor ein paar Tagen unser Haus an. Wir flohen und versteckten uns im Wald. Sie aber hatten Jäger angeheuert, die uns nachsetzten. Gestern Nacht hatte ich vor Übermüdung vergessen, den Schutzkreis um unsere Lagerstätte zu ziehen und wir wurden von den Jägern entdeckt. Meinen Liebsten haben sie erschossen, mir aber gelang es mit dem Kind zu fliehen."

Tränen rannen über ihr Gesicht und dem Burschen war, als würde es in der Stube dunkler. Die junge Frau aber fasste sich schnell wieder und sprach weiter: „Nun kennst du meine Geschichte. Doch damit dir und uns beiden nichts geschieht, lass mich nun einen Schutzkreis um den ganzen Platz ziehen, denn die Jäger kommen sicher wieder zurück."

Der Köhler, ganz benommen von dem Gehörten, nickte nur. Da huschte sie hinaus und kam einige Minuten später wieder zurück. Kaum war die Tür geschlossen, da hörten sie wieder das Hundegebell, das aber in einiger Entfernung an ihnen vorbeizog, leiser und leiser wurde und bald schon verhallte.

Dafür wurde ein anderes Geräusch immer lauter. Es war das Kind der jungen Frau, das erst leise wimmerte und dann lauthals nach Nahrung verlangte. Der Köhler hatte es bis dahin nicht wahrgenommen. Nun sah er, dass das Kleine in der Nähe des Ofens in einer Kiste lag, die mit Stroh und Wolle ausgekleidet war. Zärtlich hob die Mutter es heraus und gab ihm die Brust. Verlegen schaute der Köhler weg, doch Mól lachte ihn an und sagte: „Auch du hattest einmal von diesem köstlichen Nektar getrunken. Schau, schau genau hin und fühle, wie geborgen und zufrieden auch du einmal an der Brust deiner Mutter gelegen hast."

Und wirklich, je länger der Bursche hinschaute, desto tiefer sank er in ein Gefühl von Geborgenheit und ein stiller Friede breitete sich in der Stube aus. Mól hatte Recht, dieses Gefühl kannte er, auch wenn es schon längst aus seinem harten, einsamen Leben verschwunden war. Und wieder musste er weinen, diesmal aber waren seine Tränen wie ein warmer Sommerregen und er schämte sich nicht mehr.

Mól blieb und das Leben des Köhlers wurde leichter. Nie wieder war ihm der Meiler ausgegangen, noch war er in Flammen aufgegangen, seit sie bei ihm lebte. Die schweren Kohlensäcke konnte sie mit einer leichten Handbewegung in den Karren befördern, und täglich stand ein gutes Essen auf dem Tisch. Mól hatte einen kleinen Garten mit Gemüse und Blumen angelegt und er gedieh aufs prächtigste, ebenso der Knabe. Seine Mutter rief ihn Ardán, nach seinem Vater, und der Köhler hatte ihn lieb wie einen eigenen Sohn. Für das Kind war er der Onkel, der Bruder seines Vaters, der ihn und seine Mutter bei sich aufgenommen hatte, als dieser starb. Die Wahrheit sollte Ardán erst erfahren, wenn er alt genug dafür war.

Dem Köhler wäre nie in den Sinn gekommen, Mól zu bitten, seine Frau zu werden. Eine große Scheu hielt ihn davor zurück, denn eine Ahnung sagte ihm, dass sie ihn dann verlassen würde. Und so wäre es auch gewesen, denn eine Fee liebt einen Mann nur einmal, aber dann für immer und ihr Herz gehörte dem, für den sie ihr Volk verlassen hatte. Der Köhler selbst aber liebte Mól im Stillen und hatte kein Bedürfnis, sich „draußen in der Welt" eine Frau zu suchen. Er fand gut, dass es so war, wie es war und so sollte es auch bleiben.

Einmal fragte er sie, ob sie nicht um ihren Mann trauere, denn außer den Tränen, die sie damals vergossen hatte, als sie ihm ihre Geschichte erzählte, war sie stets heiter und er hatte sie nie mehr weinen sehen.

„Ich weinte über die Grausamkeit der Menschen", antwortete sie ihm. „Feen trauern nicht, denn für sie gibt es keinen Tod. Und für uns, die wir die Unsterblichkeit aufgegeben haben, ist der Tod nicht das, was er für euch Menschen ist. Wir sehen was er wirklich ist: das Tor in eine andere Welt, die weder Schmerz noch Leid kennt, ähnlich der Welt unseres Volkes. Dort wo mein Geliebter jetzt weilt, herrscht reine Glückseligkeit. Ich besuche ihn jede Nacht und werde, wenn mein Kind groß genug ist, für immer bei ihm bleiben."

Der Köhler verspürte einen Stich im Herzen, als er dies hörte, aber so war es eben, die Menschen kamen und gingen. Aber noch war es ja nicht so weit. Und zu dem Gleichmut seiner Vorfahren, das Kommen und Gehen als naturgegeben hinzunehmen, wuchs in ihm langsam, fast unmerklich ein Vertrauen, dass das Tor in diese andere, diese wunderbare Welt sich eines Tages auch ihm öffnen werde.

So vergingen die Jahre und aus dem Knaben wurde ein junger Mann. Er lernte das Handwerk des Köhlers, allerdings ohne die Magie seiner Mutter, denn Mól hütete sich sehr, sie vor ihrem Sohn anzuwenden. Er war eines Menschen Sohn und sollte wie ein Mensch aufwachsen. So kam es, dass in Ardáns Lehrjahren sein eigener kleiner Meiler immer wieder ausging oder schlimmer noch, in Flammen aufging. Dass der Meiler seines Onkels immer gleichmäßig brannte, schrieb Ardán dessen Erfahrung zu. Aber er war ein gelehriger Schüler und da auch Feenblut in seinen Adern floss, auch wenn er dies nicht wusste, so wurden schon bald seine Missgeschicke immer seltener, bis sie schließlich ganz ausblieben und auch aus seinem Meiler nur noch leichter, blauer Rauch aufstieg, das Zeichen, dass alles in bester Ordnung war, und auch seine Holzkohle so gut wurde, wie die seines Onkels.

Eines Morgens, als der Köhler früher als sonst aufgewacht war, spürte er eine sonderbare Kälte in seiner Hütte, die nichts mit der Morgenkühle des Frühlings zu tun hatte. Da fühlte er wieder diesen Stich im Herzen und wusste plötzlich, dass Mól nicht zurückgekommen war. Leise und behutsam öffnete er die Tür zu ihrer

Kammer und da lag sie auf ihrem Bett wie aufgebahrt und hielt eine weiße Lilie in ihren ebenso schneeweißen Händen. Der Köhler sank auf seine Knie, und obwohl er in seinem Leben noch nie etwas mit Religion zu tun hatte, betete er. Es war ein Gebet ohne Worte, etwas, das er kaum fassen konnte, als bete etwas in ihm, etwas das viel älter und größer war als er selbst. Dann spürte er einen leisen Luftzug und da kniete auch schon Ardán neben ihm. Er weinte hemmungslos, bis ihn der Köhler in seine Arme nahm und wiegte wie ein kleines Kind und er hörte sich sagen: „Deine Mutter lehrte mich, dass der Tod nur eine Tür ist, durch die wir eines Tages alle gehen. Eine Tür in eine andere Welt in der es weder Schmerz noch Leid gibt. Sie ist jetzt bei deinem Vater und sehr glücklich, schau nur in ihr Gesicht!"

Und je länger Ardán in ihr friedvoll lächelndes Gesicht sah, desto heller und wärmer wurde es in der Hütte und sein Schmerz hörte schließlich auf. Sie stellten Kerzen auf und wachten drei Nächte lang an ihrem Totenbett. Dann begruben sie den Körper Móls in der Nähe ihres Gartens und beide fühlten ihre Anwesenheit als wäre sie leibhaftig zugegen.

Plötzlich hörten sie einen Kuckuck rufen und schon kam ein Vogel herbei geflattert. Es war ein Kuckuck und er setzte sich wie selbstverständlich auf das Grabkreuz und putzte sein Gefieder. Ardán und der Köhler standen ganz still, um ihn nicht zu verscheuchen. Er war ihnen wie ein Bote aus der anderen Welt. Und wie um dies zu bestätigen, flog der Kuckuck auf die Schulter des jungen Mannes, schüttelte sich und ließ eine Feder in seine Hände fallen, dann flog er wieder davon und sein Ruf verhallte im Wald.

Die beiden Männer standen noch eine ganze Zeit lang schweigend da. Dann meinte der Köhler: „Ein Kuckuck ist eigentlich ein sehr scheuer Vogel und man bekommt ihn kaum zu Gesicht. Und er ist ein Bote – ein Frühlingsbote. Dieser hier scheint ein Bote deiner Mutter gewesen zu sein, mit dem Auftrag, dir zu sagen, wer sie in Wirklichkeit war. Sie hat es vor dir verschwiegen, damit du als Sohn eines Menschen auch so aufwächst, wie ein Mensch. So hätte es auch dein Vater gewollt." Und der Köhler erzählte ihm die Geschichte seiner Mutter, wie er sie in Erinnerung behalten hatte. Noch nie hatte sein Onkel so lange gesprochen, der sonst so wortkarg war wie seine Vorfahren.

Ganz betroffen lauschte der junge Mann und drehte dabei gedankenverloren die Kuckucksfeder zwischen seinen Fingern. Plötzlich hörte er nicht nur die Stimme des Köhlers, auch das Raunen und Flüstern im Wald ergab mit einem Mal Sinn und er hörte die Stimme seiner Mutter. Und sie erzählte ihm von den herrlichen Hallen, den lichten Landschaften und duftenden Blumen im Feenreich tief unter den Bergen und Ardán sah alles so, als würde er dort weilen und in einem schimmernden Paradies spazieren gehen. Er sah seine Mutter leuchtend im Kreis anderer Feen und ihre Füße berührten kaum den Boden wenn sie gingen oder tanzten. Dann sah er seinen Vater, eingeschlossen in ewigem Eis. Er sah wie seine Mutter ihn anhauchte und ins Leben zurück brachte, und wie sie mit ihm in sein Dorf ging und in seiner Welt blieb. Zum ersten Mal sah er seinen Vater und wieder rannen ihm die Tränen über das Gesicht, während er ihn sagen hörte:

„Geliebter Sohn, zu früh musste ich die Erde und damit dich und deine Mutter verlassen. Für sie als Fee aber gab es diese irdischen Grenzen nicht und sie hat mich hier immer wieder besucht. Nun, da du für dich selber sorgen kannst, bleibt sie für immer bei mir. Sei nicht traurig, denn wir beide werden immer um dich sein, wenn du es wünschst. Mit der Kuckucksfeder kannst du uns sehen und hören und auch alle anderen Lebewesen verstehen. Bewahre sie gut und drehe sie nicht zu oft, sonst verliert sie ihre Zauberkraft!" Und mit diesen Worten löste sich sein Bild wieder auf.

Ardán schaute nun den Köhler an, der ihm so vertraut und lieb war wie ein Vater – und dieser war zum Anfassen, das beruhigte ihn. Denn mit der Kuckucksfeder war sein Leben plötzlich aus den Fugen geraten und seinen Onkel empfand er nun wie einen Fels in der Brandung, der ihm den sicheren Boden unter den Füssen versprach. Er erzählte ihm, was er gerade über der Zauberkraft der Kuckucksfeder erfahren hatte. Der Köhler seinerseits verriet ihm nun, dass er nicht der Bruder seines Vaters, also nicht sein leiblicher Onkel war, versicherte ihm aber, dass er ihn so liebte, wie ein eigenes Kind, und dass das Leben so weiterginge wie gewohnt – zumindest so lange, wie er, Ardán es wünschte.

„Ich kann deine Mutter auch ohne Zauberfeder spüren", sprach er leise, „wie viel mehr dann du! Lege sie getrost zur Seite und lerne ganz behutsam mit ihr umzugehen."

Und so geschah es. Sie lebten ihr Leben wie gewohnt, mit der einzigen Ausnahme, dass Ardán zusätzlich zur Köhlerei nun auch den Garten seiner Mutter bewirtschaftete. Er begann auch, das Essen zu kochen, und es zeigte sich schon bald, dass er für beides eine ebenso gute Hand hatte, wie seine Mutter. Die Kuckucksfeder bewahrte er sorgsam auf. Nur manchmal, wenn die Sehnsucht nach seinen Eltern zu groß wurde, holte er sie hervor. Aber meistens kam er vor lauter Arbeit gar nicht dazu an die Zauberfeder zu denken.

Eines Tages brachte Ardán eine große Ladung Holzkohle in eine entfernte Hafenstadt, denn sie hatten gehört, dass ein Händler dort gutes Geld dafür bot. In der Stadt angekommen, vernahm er in den Gassen ein Gewisper und Getuschel. Neugierig geworden, hielt er sein Maultier an, das den Karren zog, holte seine sorgsam gehütete Kuckucksfeder hervor und drehte sie zwischen den Fingern. Da verstand er was getuschelt wurde und sah auch die kleinen grauen Nager – die von den Menschen, und auch von ihm verachteten Ratten. Mit der Zauberfeder erkannte er nun ihre wahre Natur, sah ihre Intelligenz und Weisheit. Hörte wie sie Nachrichten und Neuigkeiten austauschten, sah, wie sie sich und ihre Sippe schützten und wie sie halfen, den Unrat der Menschen zu beseitigen, damit nicht noch mehr Krankheit und Elend über sie komme, denn sie hielten, im Gegensatz zu vielen Menschen, große Stücke auf Reinlichkeit.

Die große Neuigkeit aber, die sich unter den Ratten wie ein Lauffeuer verbreitete war, dass der König in die Stadt gekommen sei. Und langsam begriff Ardán, dass von ihm die Rede war und er musste darüber lachen. Er wusste zwar nicht, was ein König war, denn davon hatte er in der Hütte des Köhlers noch nie etwas gehört, aber dass ein König etwas Besonderes war, entnahm er dem Gewisper und Getuschel der Ratten. Vielleicht war er ja wirklich etwas Besonderes? Hatte er nicht eine Zauberfeder und eine Mutter, die eine Fee war? Sicher wussten die Ratten das und hielten ihn deshalb für einen König. Außerdem hatte er sich für die Fahrt in die Stadt fein herausgeputzt, denn für solche Gelegenheiten hatte ihm seine Mutter ein schönes Gewand und eine Kappe aus gutem Tuch genäht und dazu passende Stiefel gekauft. Ein weiter, warmer Umhang aus gefilzter Wolle vervollständigte seine Garderobe. Ardán wusste, dass er darin gut aussah. Den Ruß von Gesicht und Händen hatte er mit viel Seife weg geschrubbt und der erste dunkle Bart, der ihm bereits wuchs, gab seinen schönen, noch knabenhaften Zügen eine männliche Note. Er sah nicht so aus wie ein Köhler gewöhnlich aussah, das wusste er inzwischen. So fuhr Ardán mit seinem Karren weiter und ermunterte sein Maultier mit kleinen Schnalzlauten wieder etwas schneller zu werden.

Schließlich langte er bei dem Händler an. Dieser wunderte sich über das prächtige Aussehen des jungen Mannes und rief schnell nach seinen Gehilfen, die die schweren Säcke mit der Holzkohle in seinen Keller schleppen mussten. Dann prüfte er die Ware und fand, dass dies die beste Holzkohle war, die er jemals erhalten hatte, und er bat den jungen Mann in seine gute Stube, bot ihm eine Tasse Tee an und reichte ihm eine Schale mit köstlichem Gebäck. Ardán ließ sich nicht lange bitten und schon bald entwickelte sich zwischen ihm und dem Händler ein lebhaftes Gespräch, wie er es von seinem Onkel her nicht gewohnt war. Solche Gespräche hatte er früher mit seiner Mutter geführt, wenn der Köhler draußen am Meiler beschäftigt war. Doch seit sie tot war, hatte er sich mit niemanden mehr so unterhalten können und erst jetzt merkte er, wie sehr ihm dies gefehlt hatte. Atemlos lauschte er dem Händler, als dieser ihm auch von seinen abenteuerliche Reisen in die verschiedensten Gegenden der Welt berichtete, sichtlich erfreut darüber einen so begeisterten Zuhörer zu haben. In Ardán stieg eine große Sehnsucht auf, ebenfalls die weite Welt zu bereisen und Abenteuer zu erleben. Das eintönige Köhlerleben empfand er mit einem Mal als schal und grau. Und als hätte der Händler seine Gedanken erraten, fragte er ihn plötzlich, ob er denn nicht Lust hätte, das Köhlerhandwerk aufzugeben und ihn auf seine Reisen zu begleiten, denn von seinen Gehilfen hätte keiner das Zeug dazu und seine Söhne seien noch zu klein. Ardán hätte am liebsten vor Freude einen Luftsprung gemacht und stimmte ohne lange zu überlegen sofort zu. Doch wie sollte er das seinem Onkel beibringen?

Plötzlich stürmten die Kinder des Händlers herein, zwei Jungen und ein Mädchen, im Alter von zwölf, neun und sieben Jahren, dann trat auch dessen Frau in die Stube. Verblüfft stellte Ardán fest, wie sehr diese dem Köhler glich und platzte auch gleich damit heraus. Ein Wort gab das andere und zum Schluss stellte sich heraus, dass die Frau des Händlers tatsächlich die ältere Schwester des Köhlers war, die damals mit zehn Jahren als billige Magd vom reichsten Bauern der Gegend in den Dienst genommen wurde.

Und sie erzählte ihm, dass sie sich mit dem jüngsten Sohn des Bauern sofort gut verstanden hatte, der nur ein Jahr älter war als sie, was der Bauer aber nicht gerne sah. Als sie dann herangewachsen waren und aus ihrer Freundschaft Liebe wurde und sie einander heiraten wollten, da geriet der Bauer in so großen Zorn, dass er seinen Sohn und die Köhlers Tochter aus dem Haus jagte. Die beiden irrten eine Zeitlang umher, bis sie schließlich in die Hafenstadt kamen, in der sie nun lebten. Nach einer entbehrungsreichen Zeit, in der sie jede auch noch so geringe Arbeit annahmen, kam der Sohn des Bauern schließlich zu einem Händler. Dieser liebte ihn schon bald wie einen eigenen Sohn. Der Händler selbst war Witwer und hatte keine eigenen Kinder. Er richtete die Hochzeit der beiden aus, denn sie hatten bisher nicht das nötige Geld dazu, und überließ ihnen das obere Stockwerk seines Hauses. Die beiden Jungen und das Mädchen, deren Geburt er noch erlebte, waren ihm wie Enkelkinder und als er starb hinterließ er dem ehemaligen Bauernsohn das

Geschäft. Zuvor aber hatte er ihm alles beigebracht, was ein guter Händler wissen und können musste.

Nun wollte die Schwester alles über ihren Bruder wissen und Ardán erzählte ihr von ihrem Leben im Wald und wie er zu dem Köhler gekommen war, wobei er allerdings bei sich behielt, dass seine Mutter eine Fee war. Davon zu sprechen, fand er, war wohl noch zu früh.

Und so ergab es sich, dass die Schwester des Köhlers mit ihren Kindern Ardán nach Hause begleitete. Dort gab es ein gefühlvolles Wiedersehen. Und während Bruder und Schwester sich allerhand zu erzählen hatten, spielte und tobte Ardán draußen mit den Kindern, die schon bald wie Köhlerkinder aussahen, von dem vielen Kohlenstaub, der überall herum lag.

Als sich dann alle wieder in der Stube versammelt hatten, rückte Ardán mit seinem Wunsch heraus, dass er gerne wieder mit in die Stadt zurückfahren wollte, um dann mit dem Händler in die Welt hinaus zu ziehen. Da fühlte der Köhler wieder diesen Stich im Herzen, aber Menschen kommen und gehen, so war es eben, und er gab Ardán seinen Segen. Doch dann – gerade so als hätte die Fee ihre Hände im Spiel, lief plötzlich der zwölfjährige Neffe des Köhlers zu seiner Mutter und bestürmte sie: „Bitte, bitte lass mich doch bei meinem Onkel bleiben, denn ich will auch Köhler werden!" So fügte sich eines ins andere und am Ende waren alle glücklich.

Viele Jahre zog nun Ardán mit dem Händler immer wieder durch die Welt und lernte fremde Länder und die berühmtesten Handelsstädte kennen, mit ihren prunkvollen Gebäuden, den Basaren und prächtigen Kaufstraßen. Und Ardán, der ja Feenblut in seinen Adern hatte, lernte ebenso leicht und schnell alles, was ein Händler wissen und können musste.

Sie brachten die Holzkohle seines Onkels zu den Schmieden und Fabriken und tauschten sie gegen Eisenwaren, Schwerter und schönem Schmiedehandwerk ein.

Diese wiederum brachten sie in den Orient und kamen mit seltenen Gewürzen, kostbaren Stoffen oder anderen wertvollen Waren zurück. Da sie immer die beste Ware hatten und auch keine Wucherpreise dafür verlangten, und der junge gutaussehende Mann an der Seite des Händlers auch das Weibsvolk anzog, gedieh das Geschäft auf das prächtigste und Ardán dachte nicht mehr an seine Zauberfeder, obgleich er sie in einem Lederbeutel immer bei sich trug.

Eines Tages rief der Händler Ardán zu sich und sprach: „Du hast jetzt alles gelernt, was ich dir beibringen konnte. Ich werde langsam alt und möchte mich zur Ruhe setzen. Jetzt ist die Zeit gekommen, in der du dich bewähren kannst. Während ich hier im Geschäft bleibe, sollst du nun in die Welt hinaus fahren und Handel treiben. Ich vertraue dir meine Waren an und meinen mittleren Sohn, denn dieser ist nun alt genug, seine erste Reise anzutreten. Er ist so alt wie du damals warst, als ich dich zum ersten Mal mitnahm. Er braucht die Herausforderung, denn die Arbeit im Geschäft langweilt ihn und er kommt nur auf dumme Gedanken."

Der Sohn des Händlers hieß Garic und war ein rechter Tunichtgut. Ardán hatte seine große Mühe mit ihm. Sie waren auf dem Weg in den Orient, um in einer berühmten Handelsstadt wieder einmal Eisenwaren, Schmiedehandwerk und Schwerter gegen feine chinesische Seide, indische Gewürze und Silberschmuck einzutauschen. Solange sie noch auf dem Schiff waren, konnte der Bursche nicht viel anstellen, außer dass Ardán ihn mehrere Male vollkommen trunken herum torkeln sah. Daraufhin gab er Acht, dass Garic keinen Alkohol mehr bekam. Als sie dann mit einer Karawane loszogen, mussten sie unterwegs ab und zu in einer Stadt Rast machen, um ihre Wasser- und Essensvorräte aufzufüllen. Garic nutzte dann die Gelegenheit, um mit zwielichtigem Gesindel dunkle Geschäfte zu machen. Dabei wurde er einmal erwischt und eingesperrt und Ardán musste den Sohn des Händlers aus dem Kerker herausholen, indem er eine große Summe Lösegeld für ihn bezahlte. Ardán mochte dem Jungen Vorhaltungen machen und Strafpredigten halten so viel er wollte, es nützte nichts. Garic gab ihm nur zu verstehen: „Du bist nicht mein Vater, also lass mich in Ruhe!"

Endlich waren sie in der berühmten Handelsstadt angekommen. Schon in kurzer Zeit hatte Ardán alles verkauft, was er an Waren mitgebracht hatte. Als er dann eines Morgens losziehen wollte, um für den Erlös die feinen Seidenstoffe, die Gewürze und den Silberschmuck zu kaufen, musste er feststellen, dass alles Geld verschwunden war und mit ihm auch Garic. Wutentbrannt suchte er ihn in den Basaren und in allen Winkeln der Stadt, doch vergeblich. Schließlich wurde es Nacht, und er musste unverrichteter Dinge in seine Herberge zurückkehren. Mitten in der Nacht wurde er durch lautes Hämmern an die Tür unsanft aus dem Schlaf gerissen, da stürmten schon Wachen herein, zerrten ihn aus dem Bett und nahmen ihn mit. Ihm wurde ein kurzer Prozess gemacht, in dem er erfuhr, dass Garic im Zuge einer Razzia bei einem Rauschgifthandel erwischt worden war und versucht hatte zu fliehen. Dabei wurde er erschossen. Aus Garics Papieren ging hervor, in welcher Herberge er wohnte und da sie Ardán dort vorfanden, gingen sie davon aus, dass dieser der eigentliche Drogenhändler war. Ardán mochte seine Unschuld beteuern wie er wollte, es nützte nichts, er wurde zum Tode durch den Strang verurteilt und bis zur Vollstreckung des Urteils ins Gefängnis geworfen.

Es war ein sehr altes Gefängnis, sicher schon viele hundert Jahre alt. Es war dunkel und feucht und ein Gestank hing in den alten Mauern, der Ardán den Atem nahm. Er wurde in eine Art Käfig gestoßen, in dem es eine vor Dreck strotzende Pritsche und einen mit Exkrementen verdreckten Eimer für die Notdurft gab.
Als Ardán dann allein war, hörte er wieder dieses Gewisper und Getuschel, wie damals in den Gassen der Hafenstadt und wusste sofort, dass dies Ratten waren, die sich unterhielten. Er tastete nach dem Lederetui, das immer noch um seinen Hals hing und in dem sich die Kuckucksfeder befand. Gottseidank hatten sie ihm den Beutel nicht abgenommen. Die Zauberfeder war jetzt sein einziger Trost in

dieser Hölle, in die er da geraten war. Er drehte sie zwischen den Fingern und konnte nun hören, was sich die Ratten zuflüsterten.

„Er ist ein König..., er darf nicht sterben..., er hat nichts getan..., wir müssen ihn befreien..., ihm helfen...", so raunte und wisperte es um ihn herum. Ardán war neugierig, wie sie das anstellen wollten, und da hörte er sie schon nagen. Immer mehr kamen und nagten an den Käfigstangen, die wohl aus Holz sein mussten, und es dauerte nicht lange, da fielen so viele Stangen herab, dass er hinausschlüpfen konnte. Nun huschten sie vor ihm her und führten ihn durch ein Labyrinth von Gängen und Tunnel, bis er plötzlich im Freien stand. Das Licht blendete ihn so, dass er zuerst einmal nichts sah, dann hörte er die kleinen Nager, die ihn ermahnten, weiter zu laufen. Und sie führten ihn durch enge Gassen, über Müllhalden und durch eingestürzte Gebäude, bis endlich die Stadt hinter ihm lag.

In einiger Entfernung vor sich erblickte er eine Karawanserei. Die Ratten hielten nun inne und versammelten sich um ihn. Er bedankte sich aus tiefstem Herzen, da kam eine ganz nah zu ihm heran und sprach: „In der Karawane, die dort Rast macht, reist die Tochter des Padischah von Samadhrabad. Ihre Reise ist geheim. Niemand darf wissen, dass die Prinzessin unterwegs zu ihrem Bräutigam ist, um sie nicht in Gefahr zu bringen. Sie ist dem Sohn des Königs von Madresh versprochen und auf dem Weg zu ihm nach Abadan, der Hauptstadt des Reiches. Viele Dienerinnen sorgen für ihr Wohlergehen und viele Leibwächter für ihre Sicherheit. Wenn sie dich gefangen nehmen oder wegjagen wollen, sage ihnen du seist ein Hikàyeci, ein Geschichtenerzähler, denn die sind immer gern gesehen. Sie werden dich mitnehmen und so kannst du den Häschern entkommen, die schon überall nach dir suchen. Nun gehe, aber nicht zu schnell, damit die Leibwächter keinen Verdacht schöpfen!"

„Aber ich kann doch keine Geschichten erzählen...", rief Ardán.

„Du kannst es, du wirst schon sehen...", antwortete die Ratte.

Und so geschah es auch. Als Ardán in die Karawanserei kam, wurde er sofort von grimmigen Leibwächtern umringt die ihm bedeuteten, schleunigst zu verschwinden, wenn ihm sein Leben lieb sei. Ardán aber ließ sich nicht einschüchtern, und verlangte vor den Herbergsvater gebracht zu werden, denn er sei ein Hikàyeci und in den Karawansereien eigentlich immer gern gesehen.

Die Tochter des Padischahs hörte in ihrem Gemach die lautstarke Unterhaltung und als sie vernahm, dass ein Geschichtenerzähler gekommen war, schickte sie eine Dienerin hinaus, mit der Botschaft an die Leibwàchter, dass der Hikàyeci willkommen sei, sie aber nun auch bis Abadan begleiten müsse. Sollte er allerdings vorher die Karawane verlassen, müsste er das mit seinem Leben bezahlen. Freudig stimmte Ardán zu, denn warum sollte er unterwegs fortwollen, hier war er erstmals in Sicherheit, hatte alles, was er zum Leben brauchte und kam weit genug von der Stadt weg, in der ihm zu ersten Mal das Unglück begegnet war.

Zu seinem großen Erstaunen konnte er wirklich Geschichten erzählen und es fielen ihm auch immer wieder neue ein, die alle verzauberten, vor allem aber die Tochter des Padischahs und ihre Dienerinnen, die ihm, hinter dichten Schleiern verborgen, zuhörten und niemand bereute es, den Hikàyeci mitgenommen zu haben. Und wenn ihm einmal keine Geschichte einfallen wollte, holte er heimlich die Kuckucksfeder hervor und lauschte dem Wind, den Vögeln und den Kamelen. Er hatte eben Feenblut in seinen Adern und was immer er auch tat – es gelang ihm.

So verging die Zeit rasch und sie kamen zur letzten Karawanserei vor den Toren Abadans, der Hauptstadt des Königreiches Madresh. Tauben gehörten zu den Karawansereien wie die linke Hand zur rechten. Ihr Flattern und Gegurre war das gute Zeichen endlich angekommen zu sein. Diesmal aber schien eine große Aufregung unter ihnen zu herrschen und in einem unbewachten Augenblick nahm Ardán seine Kuckucksfeder hervor, um zu hören, was die Tauben so aufgebracht hatte. Und was er hörte gefiel ihm gar nicht.

„Die arme Prinzessin", gurrten sie, „sie geht ihrem Untergang entgegen und weiß es nicht. Niemand weiß, dass ein Dämon die ganze Königsfamilie getötet hat. Alle meinten, dass sie eine böse Krankheit weggerafft hat. Nur der Königssohn wurde wieder gesund – aber es ist nicht der Königssohn, sondern der Dämon, der dessen

Gestalt angenommen hat, um die schöne Tochter des Padischahs von Samadhrabad in seine Gewalt zu bekommen." „Gibt es keine Rettung für sie?" gurrten andere Tauben. „Wenn wir sie doch nur zur Umkehr bewegen könnten!" „Es gäbe schon eine Möglichkeit, den Dämon zu besiegen", hörte Ardán von einer Taube, die direkt über ihm in einer Nische saß. „Die Prinzessin müsste ihm einen Spiegel vorhalten, dann würde er sich in Rauch auflösen und müsste die Menschenwelt wieder verlassen." So gurrten die Tauben, flogen immer wieder auf und flatterten aufgeregt durcheinander.

Ardán hatte genug gehört. Aber wie sollte er dies der Prinzessin klar machen. Sie würde nur darüber lachen und meinen, es sei nichts weiter als eine gute Geschichte. Und Ardán machte daraus eine gute Geschichte, die er am Abend vor der Abreise erzählte. Zum Schluss fragte er die Tochter des Padischahs, die wie immer hinter dichten Schleiern verborgen zugehört hatte, wie im Scherz, ob sie denn nicht einen solchen Zauberspiegel besäße, wie er in der Geschichte vorgekommen war. Alle Dienerinnen kicherten, denn eine Prinzessin ohne Spiegel wäre wie eine Blume ohne Blüte. Jeden Morgen und jeden Abend – und öfter auch Untertags – saß sie davor, um ihre Erscheinung, ihr Haar, ihre Garderobe zu überprüfen.
„Wenn euch meine Geschichten gefallen haben, so gewährt dem Hikàyeci eine Gunst und schenkt ihm zum Andenken an Euch und diese wunderbare Reise Euren Spiegel, der für ihn für immer ein Zauberspiegel sein wird", rief Ardán voller Leidenschaft und fiel vor ihr auf die Knie.
Er hörte ein Flüstern und Kichern, dann ein Huschen und Rascheln, und nach einiger Zeit zeigte sich eine zierliche Frauenhand, die ihm aus all den Schleiern heraus einen hübschen Spiegel mit goldenem Rahmen entgegenhielt. Ardán nahm ihn sofort an sich und bedankte sich tausendmal.
Da meldete sich die Stimme der Tochter des Padischahs: „Deine Geschichten haben uns immer sehr erfreut und die Eintönigkeit der Reise vergessen lassen. Nimm als Geschenk nicht nur diesen Spiegel, den ich dir gerne überlasse, sondern

auch ein Pferd aus meinem Gestüt, das dich schnell wieder zu den Menschen bringen soll, die nach deinen Geschichten dürsten." Und als Ardán auf den Hof der Karawanserei hinausschaute, sah er einen der Leibwächter, der eine herrliche Stute am Zügel herbeiführte.

Als sie am nächsten Morgen in die Stadt einzogen, kam ihnen der vermeintliche Königssohn freudestrahlend entgegen. Alles Volk war auf den Beinen und jubelte dem Königssohn und seiner Braut zu, sie schwenkten Fahnen und warfen Blüten auf den Weg. Da sprengte Ardán auf seiner Stute hervor, ritt auf den Dämon zu und noch ehe dieser oder irgendjemand reagieren konnte, hielt er ihm den Spiegel entgegen. Zum Entsetzen aller Anwesenden löste sich der vermeintliche Königssohn in Rauch auf und verschwand mit einem grausigen Schrei. Nun wussten alle, dass ein Dämon für den Tod der Königsfamilie verantwortlich gewesen war, und dass dieser sich in der Gestalt des Königssohnes der schönen Jungfrau hatte bemächtigen wollen. Und in die Gewalt eines Dämons zu gelangen war schlimmer als der Tod. Als der Tochter des Padischahs die Tragweite des Geschehens bewusst wurde, sank sie vor Schreck in Ohnmacht. Und als sie wieder zu sich kam, rief sie Ardán zu sich, bedankte sich für die Rettung und belohnte ihn fürstlich. Dann brach sie sofort auf, um in ihre Heimat zurückzukehren, da sie in dieser Stadt nicht bleiben wollte.

Das Volk aber, das nun keinen Herrscher mehr hatte, rief in einem fort nach dem Retter und verlangte, dass Ardán ihr König werde. Und ohne dass er sich dagegen wehren konnte, schoben ihn die Massen zum Palast, wo schon der Ältestenrat und alle Minister versammelt waren. Diese wollten den Zorn des Volkes nicht heraufbeschwören und machten erstmals gute Miene zum bösen Spiel. Denn dass ein dahergelaufener Fremder, von dem man weder Herkunft noch Stand wusste, König werden sollte, hatte es noch nie gegeben.

Auch Ardán dachte zuerst es müsste so sein. Hatten die Ratten in ihm nicht den König gesehen, vielleicht war es wirklich sein Schicksal? Doch war er König nur drei Tage und drei Nächte lang, denn schnell hatte er eingesehen, dass der ganze Hofstaat und die strenge Etikette nicht sein Leben war. Und so trat er vor den Ältestenrat und sprach: „Ich verstehe nichts von Regierungsgeschäften und möchte gerne wieder in meine Heimat zurück. In euren Händen ist das Reich gut aufgehoben." Und der Ältestenrat und alle Minister waren äußerst froh darüber.

So kehrte Ardán mit Reichtümern gesegnet nach Hause zurück, aber er kam allein und mit der traurigen Botschaft, dass Garic, der mittlere Sohn des Händlers auf der Reise umgekommen war. Er erzählte aber nicht die Wahrheit, sondern eine abenteuerliche Geschichte, in der Garic ein Held war, denn der Schmerz der Eltern war auch so schon groß genug. Und ist es nicht so, dass Geschichten oft mehr Wahrheit enthalten als die Realität aber nicht so grausam sind wie diese? Lassen wir den Eltern ihre Trauer und schauen wie es Ardán weiterging.

Die jüngste Tochter des Händlers war während seiner Abwesenheit zu einer schönen Jungfrau herangewachsen und als die Zeit der Trauer um Garic vorüber war, warb Ardán um sie und das Glück kehrte wieder in das Haus des Händlers ein. Oft fuhr Ardán zum Köhler, den er immer noch Onkel nannte, und ließ es sich nicht nehmen, die Säcke mit den Holzkohlen bei ihm selbst abzuholen, die Holzkohlen, die nach wie vor die besten der ganzen Gegend waren. Der älteste Sohn des Händlers, der in die Fußstapfen seines Onkels getreten war, hatte inzwischen schon seinen eigenen Meiler und eine tüchtige Frau, die auch beim Köhler immer wieder nach dem Rechten sah. Die beiden hatten zwei Söhne, die der Köhler über alles liebte. Auch Ardáns Frau brachte zwei Kinder zur Welt, eine Tochter und einen Sohn. Bei der Geburt der beiden erinnerte sich Ardán jedes Mal an die Kuckucksfeder und drehte sie, um seine Eltern an seinem Glück teilnehmen zu lassen.

Als der Köhler starb, lächelte er, denn er sah das Tor in die andere, die wunderbare Welt, in der es weder Schmerz noch Leid gab und er sah Mól, die an seinem Sterbebett saß. Auch Ardán saß dort, und er sah seine Mutter – auch ohne die

Zauberfeder, die er seit der Geburt seiner Kinder nicht mehr verwendet hatte, und sie lächelte ihm zu. Er sah auch seinen Vater und sah wie die beiden den Köhler liebevoll in ihre Mitte nahmen und mit ihm langsam verschwanden.

Hier endet die Geschichte. Ardán war mit seiner Frau und seinen Kindern sehr glücklich und fühlte sich Zeit seines Lebens wie ein König. Da er Feenblut in seinen Adern hatte, ging es auch allen in seiner Umgebung gut. Auch seine Kinder und Kindeskinder hatten eine glückliche Hand und alles was sie jemals anpackten, gelang ihnen. Was mit der Kuckucksfeder geschah ist nicht überliefert, vielleicht gibt es sie immer noch und wenn du sie finden solltest, kannst du vielleicht eine Fee sehen und die Sprache aller Lebewesen verstehen. Wer weiß?

Wächter

Die Priesterin vom heiligen Berg

Zeiten kommen und gehen. Welten durchdringen einander. Das Heute kann hier sein, oder auch dort. Wer kennt schon die geheimnisvollen Pfade, die Äonen miteinander verbinden.

Wie schon so oft saß Anya an ihrem Seelenplatz, einer kleinen verborgenen Bucht am Ufer des Flusses, der aus den Bergen kam. Er brachte etwas von der kühlen Frische und Wildheit des Gebirges mit sich. Anya liebte es in den tiefen Gumpen zwischen den großen Felsblöcken zu schwimmen und sich dann auf dem kleinen Sandstrand von der Sonne trocknen zu lassen.

Hierher kam sie, wenn sie Ruhe und Erholung brauchte. Es war ein guter Platz zum Entspannen und Träumen. Sie kam aber auch hierher, wenn ihre Herzenswunde wieder blutete, wenn eine Liebe wieder zu Ende ging, bevor sie richtig angefangen hatte. Wenn ihr Herz sich so wund anfühlte, als hätte derjenige, dem sie es geschenkt hatte, ein Stück davon herausgerissen und mitgenommen. Es war ein guter Platz, der ihren Schmerz und ihre Tränen aufnahm. Das Grün der Büsche und Bäume legte sich dann wie ein heilendes Pflaster auf ihre wunde Seele und der Fluss sang ihr das uralte Lied der zeitlosen Vergänglichkeit. Er nahm ihre grübelnden Gedanken mit sich fort, bis ihr Kopf leer war und einer erschöpften Müdigkeit Platz machte. Von hier ging sie jedes Mal gestärkt wieder fort.

Auch an diesem Tag trug Anya wieder einmal ihre Tränen zu dem Seelenplatz. Es war gerade drei Monate her, dass sie sich nach einer langen Zeit der Zurückgezogenheit wieder einem Mann geöffnet hatte. „Diesmal …", dachte sie, „diesmal …!" Doch von heute auf morgen war ihr Liebster spurlos verschwunden, ohne eine Nachricht zu hinterlassen oder ihr Gründe für seinen Rückzug zu nennen. Anya fühlte sich so verletzt, dass sie nicht mehr leben wollte. Wie oft hatte sie schon diese Erfahrung gemacht. Sie fühlte sich bestraft und verdammt, aber für welche Sünde? Was hatte sie verbrochen? Warum glückte ihr keine erfüllende Partnerschaft? Sie verstand es nicht und weinte, bis sie keine Tränen mehr hatte.

Das Wasser zog sie magisch an. Einfach hineingehen, sich von der Strömung mitnehmen lassen, aufgeben. Und der Fluss sang diesmal anders als sonst, er lockte: „Komm …, komm …, komm ins große Vergessen …!" Wie in Trance stand Anya auf und stieg ins Wasser.

„Das würde ich nicht tun", hörte sie plötzlich eine alte Stimme hinter sich. Sie erschrak so sehr, dass sie taumelte und ins Wasser fiel. Kräftige Hände packten sie und zogen sie heraus und Anya staunte nicht schlecht, als sie sah, dass diese kräftigen Hände einer kleinen, uralten Frau gehörten. Sie war ganz in Braun gekleidet und hatte etwas von einer Bärin an sich.

„Wer bist du?" fragte Anya. „Das tut nichts zur Sache!" war die knappe Antwort. „Komm lieber mit – der Fluss bringt dich nicht dorthin, wo du Antworten auf deine Fragen findest!" Und mit diesen Worten wandte sie sich um und stieg entschlossen den steilen Abhang hinauf. Neugierig folgte ihr Anya und hatte Mühe mit ihr Schritt zu halten. Die Alte führte sie immer weiter bergauf und immer tiefer in den Wald hinein. Schon bald blieb Anya zurück, sie keuchte vor Anstrengung und musste einfach verschnaufen. Die Alte aber rief: „Keine Zeit zum Trödeln! Ausruhen kannst du später! Das Tor ist nur jetzt offen …", und schritt zügig voran. Anya musste zusehen, dass sie die Alte nicht aus den Augen verlor, denn allein würde sie den Weg zurück nicht mehr finden, also stolperte sie weiter.

Langsam veränderte sich der Wald. Die moosbewachsenen Bäume wurden immer älter, mächtiger, mit eisgrauen Flechten behangen, die wie lange Bärte aussahen. Dazwischen große Felsblöcke, ebenfalls von Moos und Flechten bewachsen. Manche Felsen und Bäume waren so ineinander verwachsen, dass man nicht sehen konnte, wo der Baum anfing und der Fels aufhörte. Moos, Flechten und Efeu in allen Grau- und Grünschattierungen verwischten die Grenzen, auch die Grenzen zwischen den Welten. Anya war es, als tauchte sie in eine andere Welt ein, in eine andere Zeit. Und je länger sie hinter der Alten durch diesen seltsamen Wald einherging, desto vertrauter wurde ihr die Gegend. Aber sie hätte nicht sagen können warum und weshalb. Auch mit ihr selbst ging eine Veränderung vor. Je älter der Wald wurde, desto jünger wurde sie. Ihr kurzes graues Haar wuchs zunehmend und färbte sich langsam schwarz. Sie war schon mit Vierzig grau geworden und fühlte sich auch manchmal uralt. Nun fühlte sie sich wie Zwanzig und hielt immer leichter Schritt mit der Alten. Ihre Jeans verwandelten sich in weite Beinkleider und ihr T-Shirt in eine lange Tunika. Die Farben verblassten nach und nach, bis sie schließlich weiß gekleidet war, in einer Art, die sie an längst vergangene Zeitalter erinnerte.

Anya nahm all diese Veränderungen nur am Rande wahr, auf eine unerklärliche Weise kam ihr das alles selbstverständlich vor. Eine freudige Erregung bemächtigte sich ihrer, denn gleich würde sie zuhause sein, eine Biegung noch …

Und wirklich, das was sich ihren Augen nun bot, war ihr so vertraut, dass sie weinen musste. Ja, das war ihr Zuhause! Ein Schauer nach dem anderen jagte über ihren Rücken. Der heilige Berg! Das Heiligtum!

Hier auf der Kuppe des Berges erhob sich der Tempel der großen Göttin. Aus riesigen Felsquadern nahtlos zusammengefügt, passte er sich dennoch vollkommen der Umgebung mit ihren großen Felsblöcken und den uralten Bäumen an. Anya sank auf die Knie und berührte den Boden mit ihrer Stirn. Eine Geste, die so selbstverständlich kam, als hätte sie in ihrem Leben nichts anderes getan. Als sie sich wieder aufrichtete war die Alte verschwunden. Am Eingang des Tempels aber stand eine hohe, weißgekleidete Gestalt. Das lange, wallende, weiße Haar ging über in das lange, wallende, weiße Gewand. Ein Stirnband mit einem großen Diadem schmückte ihr Haupt und eine große Brosche mit dem gleichen Diadem ihr Gewand. Die Hohepriesterin hielt einen weißen Stab in ihrer Rechten, der aussah, als sei er lebendig. Anya wusste, dass dieser Stab ihr heiliges Signum war, der Stab um den sich ihr Totemtier, eine weiße Schlange, wand.

Die Hohepriesterin winkte sie zu sich und respektvoll schritt Anya die mächtigen Stufen empor. Vor der hohen Gestalt sank sie auf die Knie und berührte den Saum ihres Gewandes mit ihrer Stirn. Anders hätte sie die große Achtung und tiefe Demut, gemischt mit unsagbarer Dankbarkeit, nicht ausdrücken können.

Die Hohepriesterin aber hieß sie aufstehen, indem sie den Kopf von Anya ganz sanft in ihre Hände nahm und sie behutsam zu sich hochzog. Dann umarmte sie Anya wie eine lang vermisste Freundin. „Da bist du! Endlich!" Anya weinte, vor Freude und Schmerz zugleich. Dieses wunderbare Gefühl zuhause zu sein, willkommen zu sein – dieses so schmerzlich vermisste Gefühl, das sie in so vielen missglückten Liebesbeziehungen gesucht und dort nie gefunden hatte, hier war es, an diesem Ort und in den Armen der Hohepriesterin. Und während Anya von ihr gehalten wurde, zogen vor ihrem inneren Auge all die Leben vorüber in denen sie auf der Suche nach dieser bedingungslosen Liebe und Hingabe, nach diesem verlorenen Paradies war, ohne es zu wissen.

Sie sah sich im Deutschland des 20. Jahrhunderts bei einer Hochzeit als Braut in einer Synagoge in Berlin, als plötzlich Brandbomben geflogen kamen und die ganze Hochzeitsgesellschaft umkam, da von außen die Tür verriegelt wurde.

Sie sah sich als junges Mädchen in Südafrika des 19. Jahrhunderts, Tochter eines schwarzen Sklaven, die sich in den Sohn einer angesehenen Burenfamilie verliebt hatte. Während der Überfälle der Eingeborenen wurde die Farm der Burenfamilie angezündet und der heimlich Angebetete starb in den Flammen. Als sie versuchte ihn zu retten, wurde sie von den aufgebrachten Sklaven totgeschlagen.

Sie sah sich als taubstummes Mädchen in den Bergen von Sikkim, das sich gerade von ihrem Liebsten trennen musste. Sie war hochschwanger und wusste, dass es ein Abschied für immer war, dass sie ihn nie mehr sehen würde. Er aber lachte nur darüber. Ihre Intuition erwies sich aber als richtig. Sie hatte nie erfahren, was mit ihrem Mann geschehen war. Ihren Sohn hatte sie unter schwersten Bedingungen allein großgezogen. Einen anderen Mann gab es nicht in ihrem Leben.

Sie sah sich als junge Frau eines Häuptlings der Apachen. Sie lagen gerade in inniger Umarmung, als Soldaten ihr Dorf überfielen. Sie wurde vor den Augen ihres Mannes brutal geschändet und dann ermordet, zusammen mit ihrem ganzen Clan.

Sie sah sich als einfache Magd im England es 17. Jahrhunderts, die sich dem Sohn des Grafen von Essex hingegeben hatte und von ihm ein Kind erwartete. Er war ihre große Liebe, für ihn war sie nur ein angenehmer Zeitvertreib. Als sie ihm ihren Zustand eröffnete, wies er die Vaterschaft brüsk von sich und ließ sie festnehmen und foltern, bis sie gestand eine Hexe und Hure zu sein. Auf dem Weg zur Hinrichtungsstelle wurde sie vom Pöbel zu Tode gesteinigt.

Jedes Leben, das in Bruchteilen von Sekunden an ihr vorüberzog – und ihr dennoch endlos vorkam, folgte einem ähnlichen Muster. Jede Liebe endete plötzlich und auf schreckliche Weise. Wie ein Trauma, das sich endlos wiederholt.

„Warum"? fragte sie die Hohepriesterin, „Warum?"

„Es begann hier und hier wird es wieder enden", antwortete diese und führte Anya in den Tempel. Dort eilten sofort Mädchen herbei, sie waren bestimmt nicht älter als zwölf oder dreizehn und weißgekleidet, wie sie selbst. Sie brachten eine kleine Schüssel, in der Anya ihre Hände wusch und trockneten diese mit einem weichen Tuch ab. Dann brachten sie eine Schale mit Früchten und Nüssen und Saft zum Trinken. Anya wusste, dass diese Mädchen Novizinnen waren, bereit, der großen Göttin später als Priesterinnen zu dienen. Bis dahin dienten sie der Gemeinschaft und vor allem der Hohepriesterin. Sie erinnerte sich an die eigene Jugendzeit in diesem Tempel – und sie erinnerte sich an ihre Einweihung zur Priesterin.

Es war Ewigkeiten her und doch geschah es gerade, in diesem Augenblick. Die Novizinnen hatten sie gebadet, mit Rosenöl gesalbt und lange ihr schwarzes Haar gebürstet, bis es glänzte. Dann schlüpfte sie in das selbst genähte weiße Gewand der Priesterin und legte sich den traditionellen Schmuck an. Sie tat es voller Andacht und mit einem erwartungsvollen Kribbeln im Bauch. Dann wurde sie vor die Hohepriesterin geführt. Sie war gerade einundzwanzig Jahre alt geworden und es war der wichtigste Tag in ihrem Leben.

Die Hohepriesterin band ein schwarzes Tuch über ihre Augen und führte sie in das Heiligtum der großen Göttin. Anya sah nichts. Aber sie fühlte eine so dichte Präsenz reiner Liebe, wie sie es noch nie erlebt hatte, nicht einmal bei der Hohepriesterin. Doch plötzlich war sie allein. Es war, als würde sie in einen dunklen Abgrund stürzen. Darauf war sie nicht vorbereitet – und irgendwie doch, es war eine Prüfung, das wusste sie. „Ich vertraue, ich vertraue, ich vertraue …", sagte sie sich immer wieder, während sie in einem endlos scheinenden Dunkel umherirrte.

Plötzlich wurde sie brutal gepackt und unsanft auf ein Pferd geworfen. Und das waren keine Frauenhände, das gehörte nicht zur Prüfung, das spürte sie. Irgendetwas lief nicht so, wie es sollte. Sie versuchte, die Augenbinde abzunehmen, da wurden ihr die Hände gebunden. Sie spürte, wie eine große Woge von Panik über sie und den ganzen Berg rollte, hörte Schreie und versuchte selbst zu schreien, sich zu wehren. Da wurde ihr der Mund zugehalten und sie bekam einen Schlag auf den Kopf, so dass sie die Besinnung verlor.

Als sie wieder zu sich kam, befand sie sich mit mehreren Priesterinnen und Novizinnen in einem aus jungen Baumstämmen gefertigten Käfig. Von dem aus sah sie auf ein gutes Dutzend Zelte, die aus Tierhäuten gefertigt waren. Der kalte Wind ließ sie frieren und die Mädchen und jungen Frauen drückten sich eng aneinander. Anya erfuhr nun, dass der Tempel von einer wilden Horde von Männern überfallen worden war. Rohe, fremdländische Männer mit finsterem Blick, mit Bärten und verfilztem Haar, mit Schwertern und Keulen. Die Hohepriesterin wurde erschlagen, das Heiligtum zerstört und viele der

Priesterinnen entehrt und ebenfalls getötet, der Tempel verwüstet. Warum man sie und ihre Leidensgenossinnen am Leben gelassen hatte und welches Schicksal sie alle erwartete, das wussten sie nicht.

Anya hoffte insgeheim, dass das alles nur eine magische Inszenierung war und zu ihrer Prüfung gehörte. Sie wurde aber bald von der Realität des Erlebten überzeugt. Jeder der Männer aus der Horde holte sich nun eine der jungen Frauen oder ein Mädchen aus dem Käfig, zur Befriedigung der Lust und zur Arbeit – deshalb hatte man sie, die jungen, am Leben gelassen, während die älteren und alten Priesterinnen getötet wurden.

Anya wurde von einem Hünen geholt und in ein Zelt gebracht, das seinen Behängen nach wohl dem Anführer der Horde gehörte. Doch sie wurde gleich eines besseren belehrt. Es war das Zelt des Magiers, der zugleich auch der Ratgeber des Anführers war. Anya wusste von ihrer Ausbildung her, dass es auch dunkle Kräfte und Mächte gab und wurde darin unterwiesen, sich vor ihnen zu schützen. Sie spürte sofort, dass sich dieser Magier den dunklen Kräften verschrieben hatte und imaginierte schnell einen Schutzschild, so wie sie es gelernt hatte. Doch dieser lächelte nur kalt und zwang sie ohne Worte auf die Knie. Dann ging er um sie herum und musterte sie, wie Bauern das Vieh mustern, das sie kaufen wollen. Er sagte etwas in einer Sprache die sie nicht verstand und weil sie nicht darauf reagierte, trat er zu ihr hin und bedeutete ihr, dass sie sich ausziehen sollte. Anya weigerte sich und zog das weite, weiße Gewand der Priesterin noch enger um sich. Das schien ihm zu gefallen. Er sah sie prüfend an und verließ dann das Zelt. Anya wartete eine Weile, dann sah sie sich um, ob es eine Möglichkeit gäbe, zu fliehen. Vorsichtig öffnete sie den Eingang und spähte hinaus. Kein Mensch war zu sehen. Schnell wollte sie aus dem Zelt schlüpfen, doch stieß sie auf eine unsichtbare Wand. Sie war im Bannkreis des Magiers gefangen. Doch aufgeben wollte sie nicht, sie würde schon einen Weg finden zu entkommen, davon war sie überzeugt.

Der Mann warb um sie – es schien ihr wie ein Hohn. Aber er versuchte nicht, sich mit Gewalt zu nehmen, was sie ihm nicht freiwillig gab und das verwirrte Anya. Sie versuchte, sich in ihn hineinzuversetzen, wie sie das in ihrer Gemeinschaft geübt hatten, um sich gegenseitig kennenzulernen, aber es gelang ihr nicht. Der Geist dieses Mannes blieb ihr verschlossen. Nun übte sie sich täglich darin, auch ihren eigenen Geist zu verschließen – und dass ihr dies in zunehmendem Maße gelang, erfuhr sie aus der Reaktion des Magiers. War sie anfangs ein offenes Buch für ihn, gelang es ihm immer seltener, ihre Gedanken zu lesen und das verärgerte ihn. Eines Nachts fuhr sie erschrocken aus dem Schlaf. Sie spürte eine drohende Gefahr und als sie sich umsah, gewahrte sie den Magier, der vor einer Feuerschale hockte und darin kleine Blätter, mit seltsamen Zeichen darauf, verbrannte. Dazu murmelte er magische Worte und sah dabei immer wieder zu ihr hin. Anya durchfuhr plötzlich ein brennender Schmerz, dann brannte ihr ganzer Unterleib, als würde das Feuer des Magiers darin wüten, und ihr wurde schwarz vor den Augen.

Das nächste, das sie dann wahrnahm, war ein Dämmerlicht und Gemurmel. Doch gleich darauf sank sie wieder in die Nacht des Vergessens. Als sie langsam aus diesem Hindämmern und Wegtreten auftauchte, fühlte sie sich dem Tod näher als dem Leben. Das Bett, auf dem sie lag, stand in einer kleinen Stube und am Herd machte sich eine alte Frau zu schaffen. Neben ihrem Bett aber saß ein alter Mann, der unablässig vor sich hinmurmelte. „Er betet für mich", durchfuhr es Anya und mit einem Seufzer richtete sie sich auf. Da stieß der Alte einen kleinen Freudenschrei aus und seine Frau eilte sogleich herbei. Anya war von der offensichtlichen Freude der beiden zutiefst berührt. Nun erfuhr sie, dass der Alte sie im Wald gefunden hatte, gerade noch rechtzeitig, sonst wäre sie verblutet.
Ob sie denn eine Fehlgeburt gehabt – oder noch schlimmer, vielleicht gar eine Abtreibung versucht hätte, fragte die Alte Anya. „Ist doch keine Schande, ein Kind zu kriegen, Mädel", brummelte sie und der Alte fügte hinzu: „Dein Glück dass ich

dich gefunden habe und dass meine Frau Hebamme war und viel von Kräutern versteht, sonst wärst du nicht mehr am Leben!"

Da erzählte ihnen Anya von dem Überfall auf den Tempel und dem Schicksal der Priesterinnen, von ihrer Gefangennahme und dem Magier. Und als sie von dessen schwarzer Magie berichtete, schwieg der Mann bestürzt, dann nach einer Weile, in der er offensichtlich um Fassung rang, sprach er:

„In meinem Leben habe ich viel erlebt und gesehen mein Kind, so kann ich dir schon erklären, was dir da widerfahren ist. Du musst wissen, dass ein Schwarzmagier seine Kraft um ein vielfaches verstärken kann, wenn er die Liebe einer Jungfrau gewinnt. Dringt er allerdings mit Gewalt in sie ein, verliert er all seine Macht. Da dich dieser Magier nicht gewinnen konnte, hat er dich wohl verflucht. Du wärst bestimmt daran gestorben, wenn nicht die Heilkunst meiner Frau und meine Gebete dich zurückgeholt hätten – ob es uns allerdings gelungen ist, diesen Fluch aufzuheben, wird die Zukunft zeigen."

Anya blieb bei den Alten – wohin hätte sie auch gehen sollen? Und als diese gebrechlich wurden, pflegte sie die beiden, bis diese starben. Sie pflegte sie mit der gleichen Hingabe, mit der sie einst von ihnen gepflegt wurde.

„So, nun weißt du es", sprach die Hohepriesterin und Anya fuhr erschrocken auf. „Wir vollenden jetzt, was damals unterbrochen wurde, dann hat der Fluch des Magiers keine Macht mehr über dich."

„Aber wie …?"

„… Wie es kommt, dass Gegenwart und Vergangenheit sich hier berühren?" vollendete die Hohepriesterin Anyas Frage. „Das geschieht zu bestimmten heiligen Zeiten, wenn die Membran durchlässig wird, die Gegenwart, Vergangenheit und Zukunft voneinander trennt, denn eigentlich ist alles gleichzeitig da, aber unser Verstand kann das nicht erfassen. Komm jetzt."

Und die Hohepriesterin band Anya eine schwarze Binde um die Augen und führte sie in das Heiligtum der großen Göttin. Anya sah nichts. Aber sie fühlte wieder diese dichte Präsenz reiner Liebe, wie sie es damals erlebt hatte und fühlte sich darin eingehüllt. Doch plötzlich war sie wieder allein. Es war, als würde sie in einen dunklen Abgrund stürzen.

Da spürte sie eine Wut in sich aufsteigen, die immer stärker wurde. Bilder tauchten auf und sie sah, wie sie einen Rachefeldzug gegen die Männer führte. Wie sie in verschiedenen Inkarnationen in ihrem Hass Männer demütigte, kastrierte, tötete. Und der Hass wurde nicht kleiner, sondern mit jedem Mal größer, wurde zu einem Dämon, der alles, was in seine Nähe kam verschlang, vernichtete. Er drehte sich im Kreis, immer schneller und schneller, wurde ein schwarzer Kreisel, der in ihr Herz fuhr, es spaltete und dann in ihrem Bauch verschwand. Ein rasender Schmerz durchfuhr Anya, ihr Unterleib brannte und tobte. Sie sank zusammen und übergab sich, wieder und wieder. Ihr war so elend zumute, wie noch nie in ihrem Leben. Eine tiefe Scham und ein unendliches Bedauern überkam sie.
Plötzlich wurde ihr die Augenbinde abgenommen und sie sah vor sich ein gutes Dutzend Zelte stehen, die aus Tierhäuten gefertigt waren. Eine Woge der Panik durchflutete sie, dann aber sammelte sie sich und atmete, wie sie es gelernt hatte, mehrere Male tief und ganz bewusst ein. Sie löste sich aus der Panik und dem brennenden Schmerz und ihr wurde klar, dass jetzt der Moment gekommen war, den Kreislauf des Schreckens zu beenden. Ja, sie war nun bereit, dem Magier zu begegnen! Wie als Antwort darauf hielt Anya plötzlich den heiligen Stab mit der weißen Schlange in ihrer Hand und als Hohepriesterin betrat sie das Zelt des Schwarzmagiers, schaute ihm ohne Furcht in die Augen und sprach: „Nimm den Fluch von mir, den Schmerz und das Unrecht, das du mir zugefügt hast und das sich weiter fort- und fortgepflanzt hat. Deine Saat ist in mir aufgegangen. Nimm das, was du gesät hast zurück und gehe in Frieden. Ich fühle keinen Hass mehr gegen dich, denn nun weiß ich zu welchen Gräueltaten auch ich fähig bin!"

Der Magier war nicht erfreut, Anya zu sehen, aber er hatte keine Wahl, er musste den Fluch lösen. Der Schmerz hörte schlagartig auf und der Magier verschwand wie ein Schemen.

Ein warmes Glücksgefühl durchströmte plötzlich ihren Bauch. Sie war wieder ganz! Erst jetzt wurde ihr bewusst, dass sie ihren Unterleib schon Äonen von Jahren nicht mehr gespürt hatte.

Voller Freude wollte sie der Hohepriesterin danken, wollte ihr den Stab zurückgeben, doch sie war nicht mehr da. Anya befand sich auch nicht mehr im Zelt des Magiers, sondern saß auf ihrem Seelenplatz, der kleinen verborgenen Bucht am Ufer des Flusses, der aus den Bergen kam. Er brachte etwas von der kühlen Frische und Wildheit des Gebirges mit sich. Die Sonne schien warm, der Himmel war tief blau und wolkenlos, und der Fluss sang leise sein uraltes Lied. Hatte sie das alles geträumt? Da hörte sie ein Kichern und sah etwas Braunes – und eine weiße Schlange im Gebüsch verschwinden.

Das warme Gefühl im Bauch war noch da, ein wohltuender Frieden im Herzen ebenso ... und eine tiefe Freude zu leben.

Anya zeichnete einen kleinen Kreis in den Sand der Bucht und legte ein schönes Mandala aus bunten Kieseln hinein, dann betete sie und rief die Hohepriesterin und die große Göttin an, um sich zu bedanken. Und plötzlich war sie wieder eingehüllt in diese dichte, warme, wunderbare Präsenz unendlicher Liebe.

Nun war sie von innen her erfüllt und suchte nicht mehr die Erfüllung im Außen, oder bei einem Mann – obwohl sie später noch einem begegnete, der blieb.

Kilimaora
(für Ulla zum Andenken an das Venustor)

Kilimaora wurde geboren, im Zeichen des Mondes wurde sie geboren. Und lieblich wie der Mond war auch ihre Ausstrahlung, alle liebten sie, alle verwöhnten sie. Der Vater allen voran, die Mutter, ihre vier Brüder, die Großeltern und Ahnen – alle im Dorf liebten dieses wunderschöne, dieses liebliche, sanfte, zarte Kind. Alle gaben acht, dass ihm nichts geschah, dass ihm alle Wünsche erfüllt wurden, dass es einfach glücklich war, denn sein Lächeln war wie ein Sonnenstrahl, der sich in ihre Herzen gestohlen hatte und alle waren süchtig nach diesem Lächeln.

So wuchs Kilimaora zu einer jungen Frau heran und ihr Liebreiz wuchs mit ihr, so dass alle jungen Männer – und nicht nur die jungen – ihr zu Füßen lagen. Jeder hoffte, ein Lächeln von ihr zu erhaschen, hoffte auf mehr, vielleicht ein Wort – wie süß klang ihre Stimme, oder eine unbeabsichtigte Berührung, die wie die Berührung eines Zitteraals war, die das Herz zum Hüpfen brachte. Kilimaora war wie eine berauschende Droge, aber keiner wollte dies wahrhaben. So wuchs sie heran und kam in das Alter, in dem die anderen jungen Mädchen im Dorf sich einen Liebsten erkoren, heirateten, Kinder bekamen und Mutter wurden.
Kilimaora aber wollte keinen Liebsten, wollte nicht heiraten, wollte nicht Mutter werden. Sie wollte …, ja was wollte sie eigentlich? Ihr Vater drängte sie, ihre Mutter bedrängte sie, ihre Brüder wollten sie endlich als Braut sehen – aber Kilimaora wollte nicht – was sie wollte, wusste sie aber auch nicht. So wurde sie älter.

Eines Tages landete ein kleiner Vogel auf einem Ast der Birke, die vor ihrem Fenster wuchs. Er sang, er sang so schön, so ergreifend, noch nie hatte Kilimaora einen Vogel so singen gehört. Es wurde ganz still in ihr und leer, als hätte der Vogel alles aus ihr heraus gesungen, und ihr war als gäbe der kleine Vogel dort draußen auf dem Baum, einem Vogel tief in ihrem Herzen Stimme und Flügel. Sie musste hinaus. Und wie sie unter der Birke stand, flog der kleine Vogel auf ihre Hand. Dann flog er ein Stückchen weiter, sang, lockte sie, flog wieder auf ihre Hand und weiter und immer weiter. Kilimaora folgte ihm. Sie folgte ihm über die Wiese, auf der sie so gerne in der Sonne lag. Sie folgte ihm durch den Wald, der die Wiese säumte und den sie so liebte. Sie folgte ihm einen Pfad entlang in unwegsames Gelände, das sie nicht kannte. Dornen zerrissen ihr Kleid, zerkratzten ihre Beine, stachen sie in die zarte Haut – sie merkte es nicht, wie eine Schlafwandlerin folgte sie dem süßen Gesang des Vogels. Es wurde Abend, die Sonne ging unter und es wurde Nacht. Erst jetzt erwachte Kilimaora wie aus einem Schlaf. Sie sah sich um, wusste nicht, wo sie war, der Vogel war fort. Und sie rief:

„Wo bist du, mein Herzensvogel!"

„Wo bist du mein süßer Sänger!"

„Wo bist du, mein Geliebter!"

Es blieb still, nur ein leises Echo ihrer Stimme kam zurück.

Da setzte sie sich hin, wo sie gerade gestanden hatte, vergrub das Gesicht in ihre Hände und wusste nicht mehr weiter. Die Dunkelheit der Nacht schreckte sie nicht – aber die Dunkelheit in ihrem Herzen. Zum ersten Mal in ihrem Leben fühlte sie Schmerz. Einen so tiefen Schmerz, dass sie das Bewusstsein verlor.

Als sie wieder zu sich kam, lag sie auf weichen Fellen und war mit einem seidenen Tuch zugedeckt. Wie leicht es war, wie weich und warm. Sie fühlte sich so geborgen, schaute sich um und sah eine Uralte, die machte sich gerade am Feuer zu schaffen.

„Mütterchen, wer bist du? Und wie komme ich hierher?" fragte Kilimaora.

Da wandte sich die Uralte zu ihr um, sah sie mit uralten Augen an und sprach mit uralter Stimme, die wie das Grollen des Donners war, lange nachdem der Blitz die Erde getroffen hat: „Bin die Erdmutter, mein Kind, bin die Erdmutter. Seit Äonen von Jahren koche ich hier meine Suppe und noch nie hat eines Menschen Fuß meine Hütte betreten. Heute Nacht jedoch, heute Nacht hat dich jemand vor meine Haustüre gelegt. Und ich kann mir auch denken wer es war, bestimmt einer meiner Söhne. Die sind launisch und haben oft Unfug im Sinn."

„Ein Vögelchen, ein kleiner Vogel hat mich von zuhause weggelockt, mich in die Wildnis gelockt – ist einer deiner Söhne ein Vogel?"

„Nein, mein Kind, kein Vogel. Die vier Winde sind meine Söhne. Einer davon, der Südwind, könnte sich schon in einen Vogel verwandelt haben, das traue ich ihm zu. Ich werde ihn fragen, wenn er morgen wieder kommt. Aber iss jetzt mein Kind, stärke dich, das Süppchen wird dir gut tun!"

Nachdem Kilimaora gegessen hatte, fühlte sie eine nie gekannte Wärme durch ihren Körper strömen. Fühlte ein Ziehen und Drängen in ihrem Schoss, ein Zittern und Flattern in ihrem Herzen. „Mütterchen, Erdmutter, was für ein Süppchen war das?" fragte sie, „Was geschieht mit mir?"

„Ach, Kindchen, bist ja ein Menschenkind, das hatte ich nicht bedacht – mein Süppchen war wohl zu stark für dich – hat wohl die Frau in dir aufgeweckt, hat wohl noch geschlafen in dir. Vielleicht hat dich mein Sohn deshalb zu mir gebracht. Dem werde ich was erzählen, wenn er wiederkommt!"

„Ach Mütterchen, sei nicht so streng zu ihm – er hat recht getan!"

„Oh, nein mein Kind, oh nein!! Keinesfalls hat er recht getan! Du bist ein Menschenkind und er ist ein Wind! Das kann nicht gut gehen, das kann ich nicht gutheißen!"

„… Aber ich liebe ihn …"

„Weißt doch noch gar nicht was Liebe ist, törichtes Kind", brummelte die Uralte und werkelte wieder am Feuer. Dann brachte sie dem Mädchen einen Becher mit einem Trank und sprach: „Trink das mein Kind, trink das, es nimmt dir die Hitze aus dem Leib und treibt dir die Flausen aus dem Kopf." Aber Kilimaora wollte den Trank nicht, wollte ihn nicht trinken. Sie wollte die Wärme in ihrem Schoss spüren, das Ziehen und Drängen. Wollte auf ihren Liebsten, den Südwind warten.

Die Alte schüttelte unwillig den Kopf und stellte den Becher beiseite. Dann gab sie dem Mädchen etwas Wasser zu trinken und sprach: „Dann eben nicht, wirst schon sehen, was du davon hast", und schlurfte hinaus.

Kilimaora sah sich in der Stube um. Dann sah sie auf dem Lager, auf dem sie aufgewacht war das schöne Tuch liegen, hob es auf und band es sich um die Hüften. Da wurde ihr so froh ums Herz, sie sang und tanzte, und wiegte sich, wie die Birke im Wind, die zuhause vor ihrem Fenster stand. Als sie müde wurde legte sie sich wieder auf das Felllager und hüllte sich ganz in das Tuch ein. Und sie fühlte sich so geborgen, als läge sie im Schoss der Mutter, fühlte sich wie gehalten und gewiegt, fühlte sich satt und zufrieden wie ein Säugling an der Brust seiner Mutter – und doch anders, ein ganz neues Gefühl: wie die Geliebte in den Armen ihres Liebsten. Nein, den Trank wollte sie wirklich nicht – sie wollte auf den Südwind warten!

Dabei musste sie wohl eingeschlafen sein, denn als Kilimaora erwachte, lag sie auf weichem Moos mitten im Wald. Das Tuch aber, das schöne Tuch hatte sie um sich gewickelt und einen Zipfel davon hielt sie fest in ihrer Hand. Und sie erinnerte sich wie an einen Traum: an ein Felllager, an eine Uralte, die sich Erdmutter nannte, an einen Trank, den sie nicht trinken wollte und an eine Wärme, ein Ziehen und Drängen in ihrem Schoss. Aber wo war sie hier und wie kam sie hierher? Keiner war da, der ihre Fragen hätte beantworten können. Kilimaora stand auf und suchte einen Weg aus dem Wald. Es war früh am Morgen, leichte Nebelschwaden zogen durch die Bäume und ab und zu schlug schon ein Vogel an, probierte seine Stimme. Es wurde heller und heller. Kilimaora ging und ging. Sie ging leichtfüßig, wie berauscht. Sie ging der Sonne entgegen, die ihre ersten Strahlen durch das Grün des Waldes schickte. Bald schon trat sie aus dem Wald heraus und sah vor sich eine weite, blühende Wiese. Aber das war nicht die Wiese, die sie kannte. Kilimaora schaute sich um, schaute über die Wiese, über die Bäume, schaute in den Himmel. Da spürte sie einen leichten Windhauch und rief:

„Bist du es, mein Geliebter?"
„Bist du es, mein süßer Sänger?"
„Bist du es, mein Herzensvogel?"

Doch der Wind wurde stärker und stärker, kälter und kälter. Nein, das konnte nicht ihr Geliebter, der Südwind sein! Das war sicher sein Bruder, der Nordwind. Sie wickelte sich fest in das Tuch ein, das sie sich über die Schulter gelegt hatte und es wurde ihr wieder warm. Plötzlich fühlte sie sich hochgehoben und fort getragen, immer weiter fort getragen. Die Augen wurden ihr schwer und das Herz. Dann wurde sie unsanft auf den Boden geworfen, einen harten, steinigen Boden. Sie sah sich um, nichts als Felsen und Stein, Felsen und Stein soweit ihr Auge reichte. Heiß brannte die Sonne und groß war ihre Verzweiflung. Und sie verbarg sich schützend unter dem Tuch und es kühlte sie auf wunderbare Weise und die Verzweiflung verebbte, wie ein ferner Ruf.
Kilimaora suchte sich nun einen Weg aus dieser steinernen Wildnis. Nur noch eine Frage im Herzen: „Was geschieht mir ...?" Sie wusste es nicht, konnte auch niemanden fragen.

Langsam kam sie in eine freundlichere Gegend. Der felsige Boden verschwand, Gras wuchs wieder, erst in kleinen Büscheln, dann mehr und immer mehr. Ein glitzerndes Bächlein lud sie zum Verweilen ein, löschte ihren Durst. Und da ... da hörte sie eine vertraute Stimme – das Vöglein? Der kleine Vogel? Ihr Geliebter? Das Herz hüpfte in ihrer Brust. Sie schaute sich um, suchte es und da! Da sah sie es! Sie lachte, lief hin und wollte es fangen. Schon war es fort. Plötzlich ballten sich Wolken zusammen, ein Gewitter zog auf und ein Wind. Er wirbelte Staub auf, trieb die Wolken immer dichter zusammen, wie ein Schäferhund seine Herde. Zerrte und zog an ihrem Tuch – und plötzlich wirbelte es davon.
Kilimaora war, als hätte ihr jemand die Haut abgezogen, als hätte ihr jemand das Herz aus dem Leibe gerissen. Das schöne Tuch, das Tuch der Erdmutter! Ihr Tuch!

Ihr Tuch! Und sie rief, sie schrie gegen den Wind an, sie schrie gegen das Donnern und Grollen an:

„Erdmutter!
Erdmutter!
Mutter der vier Winde!
Dein Sohn
Dein stürmischer Sohn Westwind
Hat mir mein Tuch gestohlen
Er hat es mir weggenommen
Einfach fort getragen!
Mutter der vier Winde!
Erdmutter!
bitte höre mich, hilf mir
es wieder zu bekommen!

Mein Schosstuch, mein Herz Tuch, das singende Tuch meiner Weiblichkeit. Es wärmte mich, als mir kalt war, es kühlte mich, als mir heiß war, es tröstete mich, als ich traurig war und wirbelte mit mir im Kreis, als ich glücklich war. Oh Erdmutter! Mein Tuch!"

So klagte sie, wieder und wieder. Aber nichts rührte sich, keine Antwort kam, kein Ton war zu hören. Sturm und Gewitter waren wie fort geblasen. Still war es, so still, dass Kilimaora ihren Atem hörte, ihr pochendes Herz. Sie spürte ihre Tränen hochsteigen, die bisher zurückgehaltenen Tränen, die nun hervorsprudelten, wie eine Quelle, wenn man den Stein wegzieht, der sie verschlossen hat. Und sie weinte und weinte. Beweinte den Verlust ihres Tuches, beweinte ihre Verlassenheit, ihre Verzweiflung, immer hemmungsloser weinte sie.

Der Boden unter ihren Füßen begann aufzuweichen, wurde schlammig von der Flut ihrer Tränen. Und Kilimaora weinte und weinte. Sie sank schon bis über die Knöchel in den Schlamm ein und konnte nicht aufhören zu weinen. Sie sank schon bis zu den Knien ein und konnte doch nicht aufhören. Sie sank bis zu ihrem Schoß ein und die Tränen flossen weiterhin wie Sturzbäche aus ihren Augen. Sie höhlten das Erdreich aus, wuschen den Sand fort, trugen die Steine weg. Und Kilimaora weinte und weinte.

Immer tiefer sank sie und merkte es nicht. Immer kälter wurde es und sie merkte es nicht, immer dunkler wurde es um sie und sie merkte es nicht, sie weinte und weinte. Plötzlich aber spürte sie harten Boden unter ihren Füßen und merkte auf. Die Flut ihrer Tränen versiegte und nun erst gewahrte sie, dass es dunkel war, dass es kalt war, dass sie tief unter der Erde war.

Sie hatte kein Tuch mehr, das sie wärmte, sie hatte kein Tuch mehr, das sie tröstete und in Sicherheit und Geborgenheit wiegte. Das schöne Tuch, das Tuch der Erdmutter war weg. Und wo war sie?

Wieder machte sich Kilimaora auf den Weg. Tastete sich vorsichtig vorwärts. Hoffte, einen Ausgang zu finden, einen Ausweg. Da spürte sie einen Luftzug und ging ihm nach. Es wurde wärmer und etwas heller. Sie erkannte, dass sie sich in einem Stollen befand, der sie tiefer und tiefer nach unten führte. Immer wärmer wurde es und über die Felsen flackerte ein roter Schein, wie von einem Feuer. Und dann sah sie das Feuer, ein Feuer im Herzen der Erde, eine brodelnde Lava, die sich weit unten in der Tiefe in einen brennenden See ergoss. Kilimaora konnte kaum mehr atmen, die Hitze brannte in ihren Lungen, versengte ihr schönes Haar, sie konnte nicht mehr weiter und wollte schon zurück. Da hörte sie ein Zischen und Pfeifen, ein Poltern und Dröhnen und zu ihrem großen Entsetzen tauchte aus dem brennenden See ein riesiges Ungeheuer auf, ein schrecklicher Drache und schaute sie an. Schaute sie an aus ururalten Augen, mit einem ururalten Blick – und er war nicht böse, dieser Blick, sondern voller Liebe. Das irritierte sie und sie konnte diesem Blick nicht standhalten, senkte ihre Augen und sank auf die Knie.

Dieses Wesen war Ehrfurcht gebietend. Dieses Wesen war älter als alles auf der Welt, ja älter als die Erde selbst. Das wusste Kilimaora in dem Moment, als sie ihm in die Augen sah. Und dieses Wesen öffnete seinen Rachen und verschlang Kilimaora. Sie dachte noch: „wie meine Großmutter erzählt hat: Drachen verschlingen Jungfrauen – wo bleibt mein Retter, mein Held?" Dann wurde es wieder dunkel um sie. Aber sie verspürte keinen Schmerz, keine Verzweiflung, im Gegenteil, sie spürte wieder diese Wärme, diese Geborgenheit, diese … Liebe? Dann fühlte sie tiefen Frieden … und dann nur noch Leere, unendliche Leere. Und sie trieb in einem leeren Raum. Wirbelte herum, wie eine Feder im Wind – und spürte ihn plötzlich, den Wind. Er strich ihr durch das Haar, spielte mit ihm. Er trug sie, fast zärtlich. Kilimaora träumte sich in die Arme ihres Geliebten, oder wer trug sie davon? Langsam, sehr langsam, wie gegen einen inneren Widerstand, öffnete sie die Augen. Da sah sie ihn … sah einen wunderschönen Knaben mit goldenen Locken und einem unwiderstehlichen Lachen im Gesicht. Er trug sie nicht. Er zog sie hinter sich her, hielt einen Zipfel ihres Tuches fest in der Hand. Ihr Tuch! Das schöne Tuch der Erdmutter! Sie lag darin wie in einer Hängematte, die durch die Luft schwebte.

„Wer bist du, du schöner Knabe?" fragte Kilimaora. „Und wohin bringst du mich?"
Da lachte er: „Ich bin der Ostwind und bringe dich nach Hause!"
„Ich will aber nicht nach Hause!" rief sie zornig. „Wo ist dein Bruder, der Südwind, der mein Herz gestohlen hat, wo ist er! Ich will ihn, will zu ihm, will ihn zum Gemahl!"
„Er hat dich genarrt, mein übermütiger Bruder, wollte dich necken, Schabernack mit dir treiben – aber unsere Mutter hat ihm gehörig die Leviten gelesen, hat ihm den Kopf wieder zurechtgerückt – und dachte wohl, dir auch! Hat dich deshalb zur alten Drachin geschickt. Die beiden werden nicht erfreut sein zu hören, dass du noch immer an meinem Bruder hängst."
Kilimaora schwieg, dachte nach, fühlte in sich hinein und merkte, dass das Ziehen und Drängen im Schoss weg war, dass ihr Herz nicht mehr hüpfte bei dem

Gedanken an den Südwind – aber bei dem Gedanken, nach Hause zu kommen – und es war ihr nun recht. Und das sagte sie auch dem Knaben. Der lachte nur und trug sie zufrieden davon.

So kam Kilimaora wieder zu Hause an. Die Eltern und ihre Brüder weinten vor Freude, das ganze Dorf lief zusammen, und alle wollten von ihr wissen warum sie ohne ein Wort zu sagen fortgelaufen war, warum sie so plötzlich verschwunden war. Und Kilimaora erzählte ihnen vom Südwind, vom Nordwind und vom Westwind Sie erzählte ihnen von der Uralten, der Erdmutter, und von der Drachin, der Großmutter der Uralten und sie erzählte vom Ostwind. Über das Tuch schwieg sie, das sollte ihr Geheimnis bleiben.

Nun lebte sie wieder im Dorf, aber etwas hatte sich verändert. Kein Mann lag ihr mehr zu Füßen, keiner versuchte mehr ihr die Wünsche von den Augen abzulesen, ihr alles recht zu machen für ein Lächeln, für ein Wort oder eine Berührung. Der Zauber war gebrochen, sie war nun eine junge Frau, wie alle anderen. Sie arbeitete auf dem Feld und im Haus wie alle anderen auch. Die Eltern und ihre Brüder ließen sie in Ruhe, keiner drängte, bedrängte sie mehr, endlich zu heiraten. Oft saß sie abends auf der Wiese und sah den Wolken nach, schaute in die untergehende Sonne und später dann in den sternenübersäten Himmel. Und immer dann, wenn sie so still dasaß, sich der Erde und dem Wind hingab, hörte sie Geschichten und Lieder, hörte sie mit ihrem Herzen und Kilimaora wusste, dass diese Geschichten erzählt und diese Lieder gesungen werden wollten und so fing sie an, den Menschen im Dorf die Geschichten zu erzählen, die Lieder zu singen. Geschichten und Lieder auch von der Uralten, der Erdmutter und von der Ururalten, der Drachin. Immer mehr Menschen kamen, um sie zu hören, denn von den Liedern und Geschichten ging eine seltsame Kraft aus. Erst kamen die Mädchen, dann die Frauen, später auch die Burschen und Männer. Und wieder erfreute Kilimaora die Menschen in ihrem Dorf. Erfreute sie mit ihrem Lächeln, mit ihren Geschichten, mit ihrem Gesang und ihrem Tanz. Aber es war anders als früher. Es berauschte die Menschen nicht mehr, es nährte sie, machte sie satt, erfüllte sie bis in die Tiefen der Seele – und auch Kilimaora wurde dabei satt, es erfüllte sie mit Glück, wenn sie in die leuchtenden Augen der Menschen sah.

Zwölf Monde später kam ein Bursche ins Dorf, keiner wusste woher er kam, keiner wusste wohin er gehen wollte. Er hatte schwarze Locken und ein unwiderstehliches Lachen im Gesicht. Als er Kilimaora erblickte, blieb er stehen, schaute sie an. Und Kilimaora erschauerte, erbebte unter diesem Blick. Sie spürte ein Ziehen und Drängen im Schoss, ein Zittern und Flattern in ihrem Herzen und wurde seine Frau und der schwarz gelockte Bursche blieb im Dorf. Er war ein begnadeter Trommler und Flötenspieler und wenn Kilimaora sang, tanzte oder Geschichten erzählte, spielte er dazu, und von nah und fern strömten die Menschen herbei, um die beiden zu hören. Und es ging ihnen gut dabei – den Menschen und auch den beiden.

Ihr Tuch aber, das schöne Tuch der Erdmutter schmückte seither den Altar für die Ahnen und wurde von Mutter zu Tochter, von Generation zu Generation weitergegeben. Vielleicht kennst du ja ihre Nachfahrin, bei der nun das Tuch der Erdmutter den Altar der Ahnen schmückt? Wer weiß?

Wintersonnenwende

Heiliges Dunkel
Mutterschoß
Schoss der großen Mutter Erde,
als Same des umfassenden
ICH BIN
sinke ich tiefer und tiefer in dich,
verwurzle mich
in Geborgenheit und Vertrauen.

Du nährst mich,
deine pulsierende Wärme durchströmt mich,
klopft an die Schale meiner intrauterinen
Selbstgenügsamkeit.
Und langsam wächst der Impuls in mir
zu wachsen und zu werden.

Vorsichtig strecke ich meine Fühler aus,
gleich einem Keim,
durchwachse behutsam und ungeduldig
Schicht um Schicht
deiner selbstverständlichen Gegenwart,
dränge hinauf in das strahlende Licht
meines
ICH BIN.

Sonnendrache

Drachenmond

Dem Herrscherpaar des westlichen Reiches wurde nach vielen Jahren endlich ein Sohn geboren, den sie in ihrer großen Freude Bhatar nannten, strahlender Krieger. Im ganzen Reich wurde dieses Ereignis gebührend gefeiert. Bhatar wurde im Zeichen des Drachen geboren. Sein Vater hielt nichts von diesen Dingen, seiner Mutter aber bedeuteten sie viel, und so brachte sie ihren neugeborenen Sohn heimlich zu den Sterndeutern. Diese betrachteten das Kind, betrachteten die Sterne und schüttelten ungläubig die Köpfe. So eine Konstellation hatten sie in ihrem ganzen Leben noch nicht gesehen und sie waren sich nicht einig, ob dies als Glück oder Unglück zu deuten sei. Um die Königin nicht zu beunruhigen beschlossen sie daher, ihr nur zu sagen, dass ihr Sohn ein ungewöhnliches Kind sei und nur von den besten Lehrern des Reiches unterrichtet werden sollte.

So wuchs Bhatar heran. Schön war er wie die Sonne und dabei klug, auch an Kraft und Ausdauer kam ihm keiner gleich. Er machte seinem Namen Ehre und war der Stolz seiner Eltern und die Verheißung seines Volkes. Mit ihm als Nachfolger war die Zukunft des Reiches gesichert.

Als der Knabe in das mannbare Alter kam, hatte er alles gelernt, was die besten Lehrer des Reiches ihn lehren konnten. Er stellte ihnen Fragen, die sie nicht mehr beantworten konnten. Sein Verstand war schärfer als das Schwert, das er auch zu führen verstand, wie sonst keiner. In den Kampf- und Geschicklichkeitsspielen hatte er keine ebenbürtigen Gegner mehr. Dies alles und sein sonniges Gemüt sorgten dafür, dass ihm alle Herzen zuflogen – auch die Herzen der Königstöchter aller benachbarten Reiche.

Seine Mutter sah das mit zunehmender Besorgnis. Aber da sie immer im Schatten des Königs gestanden hatte und seit der Geburt ihres Sohnes noch mehr in den Hintergrund geraten war, hatte sie keinen Einfluss auf dessen Erziehung. Gerne hätte sie es gesehen, dass er zu den Sterndeutern ging, besonders zu dem Ältesten, dem Weisen Shanaan. Aber angesichts der Einstellung des Königs zu diesen okkulten Dingen, wie er es nannte, war nicht daran zu denken. Noch weniger, dass er, wie sie es ebenso gerne gesehen hätte, ein solides Handwerk erlernte, wie andere junge Burschen auch, damit er erfuhr, was wahre Arbeit bedeute. Der König verbat sich solche Gedanken, sein Sohn als Handwerksbursche, das kam für ihn nicht in Frage!

Doch langsam bewölkte sich das Antlitz des Jünglings. Ihm fehlten die Herausforderungen, er wollte sich weiter messen, fand aber keinen mehr, der es wagte sich ihm zu stellen. Er wollte noch mehr wissen, fand aber keinen mehr, der seine Neugierde stillen konnte. Er wollte ferne Reiche kennen lernen und Abenteuer bestehen, aber sein Vater verbot ihm dies. Als zukünftiger König habe er zu heiraten, um dann das Reich zu übernehmen und nicht in der Welt herumzufahren, wie ein Zigeuner. Auch habe er schon eine Braut für ihn ausgesucht, die Tochter eines mächtigen Herrschers. Diese Verbindung sei notwendig, um den Frieden zwischen den beiden Reichen zu gewährleisten.

Dies alles sorgte dafür, dass sich das Strahlen des Königssohnes immer mehr hinter den Wolken seiner Unzufriedenheit verbarg. Die Königin sah auch dieses mit Besorgnis, und zu Recht, denn der Königssohn wurde krank, schwer krank. Wochenlang lag er in fiebriger Glut, seine Haut wurde schuppig und brach in eitrigen Knoten auf. Keiner der Ärzte die an sein Krankenlager gerufen wurden, fand heraus, was dem Thronfolger fehlte. Sie mischten Kräuter und Säfte, drehten Pillen und legten Blutegel an – aber nichts half. Bhatar verfiel zusehends und der König wandte sich von ihm ab. So stolz er auf seinen strahlenden Sohn war, so sehr verachtete er ihn nun wegen seiner Krankheit und Schwäche. Immer häufiger blieb er dem Schloss fern, ging auf die Jagd oder vergnügte sich in fernen Städten bei Festgelagen und Wettspielen.

Die Königin, auf sich allein gestellt, blühte nun richtig auf. Endlich konnte sie die Dinge in die Hand nehmen, so wie sie es für richtig hielt und tat es auch. Zuerst ließ sie die alte Hebamme kommen, denn diese kannte sich mit der Heilkunst aus und die Königin vertraute ihr mehr als all den gelehrten Ärzten, die doch nicht zu helfen wussten. Und die Hebamme riet ihr, ein junges Ding kommen zu lassen, ein stämmiges Bauernmädel, das ihrem Sohn stündlich eine warme Suppe kochen und sie ihm löffelweise einflößen musste. Die Bettwäsche musste öfter am Tag gewechselt und die verschmutzten Laken verbrannt werden. Des Weiteren sollten ihrem Sohn immer wieder kühle Fußwickel angelegt und die eitrigen Wunden gesäubert werden. Das Bauernmädel verrichtete all diese Arbeiten in einer ruhigen und heiteren Gelassenheit und die Königin war mit ihrer Wahl sehr zufrieden.

Dann ging sie zu Shanaan, dem Ältesten der Sterndeuter und ließ sich genau erklären, welche Kräfte am Wirken waren. Und eines Tages, als ihr Gemahl wieder für einige Tage fortgereist war, verließ sie heimlich das Schloss und ging zu einer alten Seherin. Shanaan selbst hatte ihr dazu geraten. „Hier kann nur noch die Weisheit einer alten Frau helfen", hatte er gesagt, „wir vermögen den Lauf der Gestirne zu berechnen und ihre Einflüsse auf uns Menschen vorherzusagen, hier aber ist das Wissen um das Wirken des Lebens selbst gefragt, und das übersteigt unser Können. Geht zu der alten Seherin, die in dem alten Turm am Ende des Tales lebt, vielleicht weiß sie Rat." So machte sich die Königin auf den Weg und war sehr darauf bedacht, dass niemand davon erfuhr. Nur der alte Bertrach begleitete sie, ein Diener, der ihr seit ihrer Jugend treu ergeben war.

Es war ein langer und beschwerlicher Weg. Endlich kamen sie zu dem baufälligen Turm, der einst zu einer großen Wehranlage am Ende des Tales gehörte. Einige alte Mauerreste zeugten noch davon, alles andere hatte sich die Natur zurückgeholt. Der Königin war es etwas unheimlich zumute, als sie die knarrenden Stufen emporstieg und einen kleinen, dunklen Raum betrat. Es dauerte eine Weile, bis sich ihre Augen an das Dunkel gewöhnt hatten und sie sich umsehen konnte. Die alte

Seherin saß mit geschlossenen Augen da und es schien als ob sie schlief. Sie war in ein Gewand gekleidet, das aus verschiedensten Stoffresten zusammengenäht war. Ihr schlohweißes Haar war in einem sonderbaren Geflecht um ihr Haupt gewickelt und zu ihren Füßen ringelte sich eine Schlange, die ebenfalls zu schlafen schien. Obwohl sich die Königin vor Schlangen fürchtete, empfand sie beim Anblick dieser Schlange sonderbarer Weise keine Angst. Mit einem Räuspern machte sie sich bemerkbar, doch die Alte rührte sich nicht. Da setzte sich die Königin still auf einen Stuhl, der an einem kleinen Tisch stand und wartete geduldig, aber entschlossen, nicht eher zu gehen, bis diese seltsame Frau aus ihrem Schlaf erwacht war. Draußen wartete – ebenso geduldig – ihr alter Diener.

Lange saß die Königin so da und es wurde schon dunkel. Endlich regte sich die Alte und die Königin sah im Dämmerlicht wie sich zur gleichen Zeit die Schlange entrollte und verschwand. Ächzend erhob sie sich und zündete eine Kerze an, dann machte sie noch Feuer in einem alten Eisenofen und während dieser ganzen Zeit tat die Alte so als bemerkte sie die Königin nicht. Und wieder wartete diese geduldig, bis die Alte sie endlich ansprach:
„Bist wohl schon lange hier … Hast gut daran getan zu warten … Ja, ja … Hitzig Blut ist nicht gut … Nur in der Stille wächst der Wille … Aus Ungeduld erwächst die Schuld … Das Wasser höhlt den Stein, so soll es sein!"
Mit diesen rätselhaften Worten schlurfte sie zum Tisch, an dem die Königin saß und sah ihr lange in die Augen, bis die Königin verlegen ihren Blick senkte. Da tätschelte die Alte ihre Wange und murmelte: „hab Vertrau'n … lass mich schau'n …." Da schaute die Königin wieder auf und während sie dem Blick der Alten immer besser standhielt, verrann die Zeit. Schließlich ließ die Seherin von ihr ab und sprach: „Dein Sohn liegt schwerkrank darnieder – in ihm ist zu viel Feuer! Das Ungeheuer frisst ihn auf! Hier kann kein Wasser helfen, nur klare Luft und reines Sein – denn in der Stille wächst der Wille. Bringe deinen Sohn zu dem Einsiedler hoch oben im Gebirge, denn nur dort findet er, was er so dringend braucht! Sein

Vater stiehlt sich davon und schwächt den Sohn! ... Und du ? Zu lange hast du dich zurückgehalten. Erkenne deine Kraft im Fließen und überspüle alle Hindernisse, so wird dein Gatte weich – und alles richtet sich!"

Dann gab sie der Königin ein kleines Fläschchen mit einer Flüssigkeit und sprach: „Ein Mittelchen zum Schlafen. Gib das deinem Sohn, damit du ihn fortbringen kannst, wenn es an der Zeit ist." Die Alte reichte der Königin noch eine Laterne und entließ sie dann. Draußen auf der Treppe war der alte Diener eingenickt. Behutsam weckte ihn die Königin, froh, den beschwerlichen Weg zurück durch die Dunkelheit nicht alleine gehen zu müssen.

Der Morgen dämmerte bereits herauf, als die beiden endlich im Schloss ankamen. Früh genug, um noch unbemerkt hinein zu schlüpfen. Kaum hatte sich die Königin in ihr Bett gelegt, schlief sie auch schon ein und als sie erwachte war es schon weit über Mittag. Sie rief den alten Bertrach zu sich und bat ihn unter dem Siegel der Verschwiegenheit, nach dem Einsiedler im Gebirge zu suchen und sich den Weg dorthin gut einzuprägen. Sie hatte zwar Bedenken, ihm diese Strapaze zuzumuten, doch der alte Diener meinte lächelnd, dass das seine alten Knochen nur wieder in Schwung bringen würde. Er besorgte sich ein kräftiges Maultier und machte sich auf den Weg. Nach sieben Tagen kehrte er zurück – ungeduldig erwartet von der Königin, und konnte ihr freudestrahlend berichten, dass der Einsiedler bereit war, ihren Sohn aufzunehmen.

Zur gleichen Zeit kam auch ihr Gemahl von seiner Reise zurück. Die Königin berichtete ihm, dass sie von einem heiligen Mann in den Bergen gehört habe, der imstande wäre, ihren Sohn zu heilen. Doch wie vorausgesehen, hielt der König nichts von diesen Dingen. „Sicher ist das nur so ein Scharlatan, der sich auf Kosten kranker Menschen bereichert", meinte er und wollte nicht weiter damit belästigt werden.

Die Königin ging zu ihrem Sohn und setzte sich an sein Krankenlager. Voller Freude sah sie, dass das Bauernmädel gute Arbeit geleistet hatte, denn Bhatar war nicht mehr so fiebrig, seine Augen lagen nicht mehr so tief in den Höhlen, seine Wangen waren nicht mehr so eingefallen und der eitrige Schorf trocknete langsam aus. Sie erzählte ihm dieses und jenes aus dem Alltagsleben des Schlosses und dann, wie beiläufig von dem Einsiedler im Gebirge. Auch am nächsten und übernächsten Tag erzählte sie von dem heiligen Mann und freute sich, als sie ein leichtes Glänzen in den Augen ihres Sohnes sah. Doch als sie ihn schließlich ermunterte, mit ihr diesen Einsiedler aufzusuchen, wehrte Bhatar ab: „Ich fühle mich noch zu schwach Mutter, vielleicht später!"

Nun war guter Rat teuer. Sie vertraute den Sterndeutern, dass jetzt der rechte Zeitpunkt war, Bhatar zum Einsiedler zu schicken. Den Widerstand ihres Gatten fürchtete die Königin nicht, sie musste nur warten, bis dieser wieder für einige Tage verreist war. Aber wie sollte sie ihren Sohn gegen dessen Willen ins Gebirge schaffen? Schließlich erinnerte sie sich an den Schlaftrunk der alten Seherin und als ihr Gemahl mit großem Gefolge endlich auf Jagd ging, verabreichte sie ihrem Sohn den Schlaftrunk. In warme Decken gehüllt band der alte Bertrach den schlafenden Königssohn auf das Maultier, belud es mit Proviant und verließ heimlich das Schloss. Der Königin fiel der Abschied schwer, wie gerne hätte sie ihren Sohn begleitet, aber sie wusste ja nicht, wann der König von der Jagd zurückkam und es war auf jeden Fall besser, wenn sie da war und alles seinen gewohnten Gang ging.

Bhatars Verschwinden konnte einige Zeit lang geheim bleiben, da der König das Krankenlager seines Sohnes immer noch mied. Eines Tages aber wollte er doch nach seinem Sohn sehen und musste feststellen, dass dessen Bett leer war. Ungehalten zog er die Königin zur Rechenschaft. Diese aber sprach: „Was kümmert es dich, ob dein Sohn hier ist oder nicht, ob er noch lebt oder schon gestorben ist! Wie lange ist es her, dass du nach ihm gefragt oder gar an seinem Krankenlager gestanden hast – wie lange! Was kümmert es dich also, wohin unser Sohn verschwunden ist!"

Über diese Vorwürfe geriet der König in großen Zorn, umso mehr, da er nicht gewohnt war, dass sie ihm Widerworte gab und er schrie sie an: „Dann mach, dass auch du verschwindest! Wenn du weißt, wo dein Sohn ist, dann geh zu ihm – ich will dich hier nicht mehr sehen!"

Daraufhin verließ die Königin wortlos das Schloss, mit nichts als den Kleidern, die sie am Leib trug. Sie ging zur alten Hebamme und vertraute sich ihr an und diese sprach: „Wenn du dir nicht zu schade bist mit anzupacken, kannst du gerne bei mir wohnen." Und die Königin blieb. Sie verkaufte ihr kostbares Gewand und kleidete sich nach Art der einfachen Frauen. Dann ging sie der alten Hebamme zur Hand so gut sie konnte und war den Wöchnerinnen schon bald eine gern gesehene Hilfe.

Inzwischen war der alte Bertrach mit Bhatar bei dem Einsiedler im Gebirge angekommen. Vorsichtig betteten die beiden alten Männer den noch immer schlafenden Königssohn auf ein Lager. Der alte Diener bat den Einsiedler ebenfalls bleiben zu dürfen. Lange überlegte dieser, dann sprach er: „Unter einer Bedingung darfst du bleiben – schweige, was auch immer geschieht und diene nur dir selbst. Kommt auch nur ein Wort über deine Lippen oder näherst du dich dem Königssohn, um ihm zu helfen, musst du gehen."

Der alte Diener versprach es und durfte bleiben. Dem Maultier aber gab er einen Klaps, den Weg zurück würde es alleine finden.

Als Bhatar erwachte, richtete er sich stöhnend auf, denn alle Glieder schmerzten ihn. Verwundert schaute er sich um. Der Raum, in dem er sich befand war klein und dunkel, nur aus einer schmalen Öffnung drang etwas Licht herein. Das Einzige was er in diesem Raum ausmachen konnte, waren drei Lager aus Heu und Stroh. Auf dem einen lag er selbst, die beiden anderen waren leer. „Wie in aller Welt bin ich hierhergekommen?" fragte er sich – und als er diese Frage laut in den Raum rief, antwortete niemand. Obwohl er sich elend und schwach fühlte, erhob er sich und trat durch eine schmale Öffnung in einen anderen, etwas größeren Raum. Hier gab es eine Feuerstelle, einen Tisch, dahinter eine kleine Bank und einen Hocker davor. An einer Wand gab es ein einfaches Regal mit ein wenig Geschirr, die andere, an der der Tisch stand, hatte ein Fenster und in der gegenüberliegenden Wand befand sich eine Tür, die offen stand. Bhatar trat hinaus und blickte staunend in eine stille, erhabene Bergwelt. In einiger Entfernung sah er eine Gestalt und erkannte dann voller Freude das vertraute Gesicht des alten Bertrach. Der Diener seiner Mutter war ihm in den Tagen der Krankheit wie ein Vater geworden – den eigenen hatte er schon lange nicht mehr gesehen. Wie oft hatte der alte Bertrach an seinem Bett gesessen, hatte ihm den Schweiß von der Stirn gewischt und ihn mit sinnigen Gesprächen von seiner Krankheit abgelenkt. Der Königssohn wollte auf ihn zulaufen, doch die Beine versagten ihm den Dienst und er fiel zu Boden. Schon wollte Bertrach ihm zur Hilfe eilen, besann sich dann aber seines Versprechens, drehte sich um und ging wortlos davon. Auch als der Königssohn nach ihm rief, drehte sich der alte Diener nicht um. Und zum ersten Mal weinte Bhatar.

Sieben Jahre lang blieb der Königssohn bei dem alten Einsiedler. Die erste Zeit bestürmte er ihn mit Fragen, wollte wissen …, doch der heilige Mann hieß ihn schweigen und lehrte Bhatar ohne Worte. Die klare, kühle Bergluft, das reine Wasser der Quelle und nicht zuletzt die Gegenwart des heiligen Mannes sorgten dafür, dass der Königssohn schon bald von seiner Krankheit genas. Das Feuer der Rastlosigkeit und Unzufriedenheit, das ihn zu verbrennen drohte, erlosch. Dafür musste er anderem Feuer Nahrung geben, denn seine Aufgabe war es das Holz für die Feuerstelle zu sammeln, was sehr schwierig war, denn es gab nur wenig totes Holz zwischen all den Felsen. Auch das Wasser von der Quelle zu holen, war seine Aufgabe, sowie den Boden in und vor der Hütte täglich zu kehren. Einmal in der Woche musste er den alten Einsiedler ins Tal begleiten, um die wenigen Nahrungsmittel zu erbetteln, die sie brauchten. Er wusste nun, dass der alte Bertrach ihm bei all diesen Arbeiten nicht helfen durfte und dass dieser ebenso an das Schweigegebot gebunden war wie er selbst. Ab und zu, wenn es die Pflichten erlaubten, setzte sich Bhatar neben ihn und genoss stumm die Gegenwart des vertrauten Dieners. Aber nicht mehr lange, denn die Tage des alten Bertrach waren gezählt und eines Morgens lag er tot auf seinem Lager – in der Nacht friedlich entschlafen. An seinem Grab weinte Bhatar zum zweiten Mal.

Die meiste Zeit aber verbrachte er auf der Bank vor der Klause des Einsiedlers. Dieser lehrte ihn die Stille, lehrte ihn, die Antworten auf all seine Fragen nicht im außen zu suchen, sondern im Innen. Und im Angesicht der majestätischen Berge und der Unendlichkeit des Himmels in den klaren Sternennächten wuchsen in Bhatar Demut und Bescheidenheit. So vergingen die Jahre in denen aus dem ungestümen Jüngling ein in sich ruhender junger Mann wurde.

Dann, eines Tages brach der alte Einsiedler das Schweigen und sprach zu ihm: „Mein Sohn, ich habe dich alles gelehrt, was ich zu lehren imstande war und du warst mir ein guter und treu ergebener Schüler. Nun wird es Zeit für dich, in die Welt zurückzukehren und deinen wahren Platz einzunehmen. Gehe und gehe in Frieden!" Dann tat er, was er all die Jahre noch nie getan hatte, er umarmte Bhatar und drückte ihn fest an sein Herz. Zum Schluss segnete er ihn, gab ihm einen kleinen Beutel mit Wegzehrung mit und entließ ihn.

Bhatar wusste nicht, welcher Weg ihn wieder nach Hause brachte und in der Haltung des alten Einsiedlers lag etwas, das ihn davon abhielt, diesen danach zu fragen. Bis ins Tal kannte er den Pfad – aber wie es von dort aus weiterging, wusste er nicht. Den Weg vom elterlichen Schloss bis in die Berge hatte er im wahrsten Sinne des Wortes verschlafen, nun musste er darauf vertrauen, dass ihm jemand weiterhelfen würde. Im Tal aber wusste keiner etwas von einem König oder einem Schloss. Diese Menschen waren noch nie aus ihrem Tal herausgekommen. Und so setzte der Königssohn seinen Weg aufs Geratewohl fort. Dabei folgte er einem kleinen Pfad, der ihn einen Gebirgsbach entlang führte. Denn ein Bach, so dachte er, fließt abwärts und würde ihn sicher aus den Bergen hinausführen. Es mussten die Berge sein, die er damals im Schloss von seinem Fenster aus in der Ferne gesehen hatte.

Erst einmal aber führte der Pfad in eine Schlucht. Die Wände wurden immer steiler, das Wasser rauschte immer gewaltiger und schon bald gab es auch keinen Pfad mehr, dem er noch weiter hätte folgen können. Da es zudem noch Abend wurde suchte Bhatar nach einem einigermaßen trockenen und ebenen Platz, auf dem er die Nacht verbringen konnte. Und wie er sich so umsah, entdeckte er in dem steil abfallenden Felsen eine Höhlung und kletterte hinauf. Der Aufstieg war mühsam, aber er lohnte sich, denn das was er als kleine Höhlung wahrgenommen hatte, war nur der sichtbare Teil einer geräumigen Höhle. Er schaffte es gerade noch, bevor es ganz dunkel wurde. Zwar konnte er nichts mehr sehen, aber als er sich weiter nach hinten tastete, fühlte er, dass die Höhle noch weit in den Berg hineinging. Froh, einen so guten Schlafplatz gefunden zu haben, rollte sich Bhatar wie eine Katze auf dem Boden zusammen und schlief auch sofort ein.

Mitten in der Nacht wurde er von seltsamen Klagelauten geweckt. Bhatar überlegte erst eine Weile ehe er sich dazu entschloss, diesen Lauten nachzugehen. Langsam und vorsichtig tastete er sich immer weiter in die Höhle hinein. Es wurde immer kälter und feuchter und zu den Klagelauten mischte sich ein Brausen wie von einem fernen Wasserfall. Es begann heller zu werden und dann öffnete sich die Höhle zu einem Kessel, an dessen hinterem Teil ein mächtiger Wasserfall donnernd gut 300 Meter in die Tiefe stürzte. An dem Stück Himmel, der über dem Kessel sichtbar wurde, begannen die Sterne zu verblassen und eine kühle Morgenluft wehte ihm entgegen.

Er sah sich um, neugierig, woher das Klagen kam und entdeckte zu seiner Linken eine Öffnung, die wieder in den Berg hineinführte und aus dieser Öffnung kamen die seltsamen Laute. Bhatar überlegte nicht lange und kroch in diese Öffnung hinein – ohne einen Gedanken daran zu verschwenden, was ihn dort erwarten würde.

Und das, was ihn am Ende des Tunnels erwartete, hätte er sich in seinen schlimmsten Träumen nicht ausmalen können. Ein riesiges Ungeheuer – den alten Geschichten nach musste es ein Drache sein – lag eingeklemmt und mit ehernen Ketten gefesselt in einer zu kleinen Höhle. Es stank gottserbärmlich, denn der Drache lag in seinen Exkrementen wie in einem tiefen Morast. Als er Bhatar erblickte öffnete sich sein riesiger Rachen zu einem gewaltigen Aufschrei. Bhatar fuhr zusammen und fasste instinktiv nach einer der Ketten, mit denen das Untier gefesselt war und hielt sich fest – keine Sekunde zu früh, denn aus dem riesigen Rachen strömte mit donnernder Kraft ein Wasserstrahl, der ihn sonst gegen die Felswand geschleudert und durch den Tunnel fortgeschwemmt hätte. Fortgeschwemmt aber wurde ein großer Teil des stinkenden Morasts und Bhatar musste sich mit aller Kraft an der Kette festhalten, um nicht damit fortgetragen zu werden. Noch einmal bäumte sich das Ungeheuer auf und sein Schrei ließ Bhatar das Blut in den Adern gefrieren. Dann schwemmte ein zweiter Wasserstrahl die Reste der Exkremente weg.

Bhatar wartete einen dritten Schrei nicht ab, sondern kletterte so schnell er konnte an dem Drachen hoch, und suchte sich eine Stelle, an der ihn weder dessen Zähne, noch ein weiterer Wasserstrahl erreichen konnte. Dort ließ er sich erst einmal nieder, schloss die Augen und sank in eine tiefe innere Stille, wie er es bei dem Einsiedler gelernt hatte. Er wollte die Antwort in sich finden, wie er aus dieser Situation wieder heil herauskommen könnte. Und plötzlich vernahm er eine tiefe dunkle Stimme und wusste, dass der Drache zu ihm sprach: „Danke, dass du gekommen bist! Danke, dass du meine Kraft, die ich verloren glaubte, wieder erweckt hast. Befreie mich von den Ketten und das weitere werde ich aus mir heraus schaffen."

Ohne zu zögern war Bhatar bereit, dem Wunsch des Ungeheuers nachzukommen. Er untersuchte die Ketten und wusste nicht, wie er diese öffnen konnte. Sie waren fest geschmiedet und er besaß kein Werkzeug. Er versuchte es mit einem großen

Stein, aber der schlug nur Funken. Da schloss Bhatar wieder seine Augen und versank in tiefe Meditation und plötzlich verspürte er den Impuls, ein Kettenglied mit seinen Händen zu umfassen. Er atmete tief ein und schickte all seine Herzenswärme beim Ausatmen über die Hände in das kalte Metall bis es schließlich ganz heiß wurde – und siehe, es begann biegsam zu werden, so dass Bhatar das Kettenglied schließlich mit seiner ganzen Kraft öffnen konnte. Diese Meditation hatte ihn der Einsiedler gelehrt, als er nach langem Sitzen, steif vor Kälte, sich nicht mehr bewegen konnte. So löste Bhatar eine Kette nach der anderen. Ein Glücksgefühl durchströmte ihn und in diesem Moment fühlte er sich eins mit dem Drachen, spürte dessen Kraft in sich und spürte wie dieses Glücksgefühl den Fels sprengte, in dem das Untier gefangen war und sie schauten in den weiten Kessel mit dem mächtigen Wasserfall.

„Setze dich auf meinen Rücken und halte dich gut fest", hörte er die tiefe dunkle Stimme sagen und sobald er dieser Aufforderung nachgekommen war, erhob sich der Drache in die Luft – erst jetzt sah Bhatar, dass dieser Flügel hatte. Aber durch die lange Gefangenschaft in der zu kleinen Höhle geschwächt und der Kraft seiner Flügel beraubt, kamen sie nur mit knapper Not bis zu einem erhöhten Felsvorsprung. Und wieder schloss Bhatar seine Augen und sammelte sich. Und er schickte all seine Herzenswärme beim Ausatmen über die Hände in das Herz des Drachen. Und wieder bäumte sich dieser auf und stieß den mächtigen Schrei aus, dem ein gewaltiger Wasserstrahl folgte. Dann breitete der Drache seine Flügel wieder aus und diesmal schaffte er es bis zum Rand des Kessels.

Vor den erstaunten Augen des Königssohnes breitete sich nun eine weite Ebene aus, durch die ein breiter Strom floss. Weit in der Ferne konnte Bhatar die Umrisse eines Schlosses erkennen. Das Schloss seiner Eltern? „Ja", antwortete der Drache auf diesen Gedanken, als hätte er ihn laut ausgesprochen. „Nimm nun deinen Platz dort ein", fuhr er fort, „und wenn du mich brauchst, so rufe mich, mein Name ist Gárgol – unser beider Leben ist jetzt untrennbar miteinander verbunden!" und mit diesen Worten erhob sich der Drache und entschwand schon bald seinen Blicken.

Der Weg über die Ebene zog sich hin und war länger als Bhatar erwartet hatte. Er ging schon drei Tage und das Schloss seiner Eltern kam einfach nicht näher. Plötzlich hörte er ein Getrappel hinter sich und ein Maultier kam angaloppiert. Es blieb bei ihm stehen und beschnupperte ihn, dann rieb es den Kopf an seinem Arm, gerade so, als kenne es ihn. Bhatar konnte nicht wissen, dass dies das Maultier war, auf dem ihn der alte Bertrach zum Einsiedler gebracht hatte. Es war, als hätte es all die Jahre hier auf ihn gewartet, um ihn wieder gut nach Hause zu bringen. Voller Dankbarkeit setzte sich Bhatar auf das Maultier und es trabte sichtlich zufrieden mit ihm davon. Schon am Abend standen sie vor dem Schloss seiner Eltern.

Eine seltsame Stille lag in der Luft, nichts regte sich, kein Laut war zu hören. Bhatar öffnete das Tor, das knarrte, als hätte es schon lange keiner mehr bewegt. Und als Bhatar das Schloss betrat, begegnete ihm keine Menschenseele. Er ging in den Thronsaal, er war leer. Er ging in das Gemach seiner Mutter, es war leer. Dann ging er in das Gemach seines Vaters und dieser lag in seinem Bett. Eingefallen und bleich waren seine Wangen, die Augen halb geschlossen und die Hände lagen knochig, weiß und kraftlos auf der Bettdecke, die vor Schmutz starrte.

Als Bhatar seinen Vater so daliegen sah, rannen ihm Tränen über die Wangen. Er kniete sich zu ihm ans Bett, nahm dessen kalte, knochigen Hände in die seinen und fragte leise: „Was ist geschehen, Vater? Was ist geschehen in all der Zeit, in der ich fort war?" Sein Vater versuchte zu sprechen, aber es kam nur ein heiseres Krächzen über seine Lippen. Bhatar ging in die Küche, um Wasser zu holen. Da stand eine junge Frau am Herd, ein stämmiges Bauernmädel, das Bhatar bekannt vorkam – war das nicht das Mädchen, das ihn während seiner langen Krankheit gepflegt hatte? Sie kochte gerade eine Suppe und schrak zusammen, als Bhatar in die Küche trat. Sie starrte ihn erst an, als wäre er ein Gespenst, dann aber flog ein Lächeln über ihr Gesicht. „Welch eine Freude Euch wieder zu sehen!" rief sie, „Ich dachte schon Ihr seid gestorben!" und sie lief auf ihn zu, ehe er überhaupt etwas sagen konnte und drückte ihn fest an sich. Bhatar löste sich vorsichtig aus ihrer Umarmung und bat sie, ihm doch alles zu erzählen, was in der Zeit seiner Abwesenheit geschehen war. Und die junge Frau sprach:

„Euer Vater hat eure Mutter davongejagt, als ihr verschwunden wart. Sie lebt seither unten im Dorf bei der alten Hebamme und arbeitet für sie. Danach wurde euer Vater immer unleidiger, so dass die Bediensteten nach und nach gegangen sind. Die meiste Zeit war er ja sowieso nicht da. Dann aber wurde er schwer krank und kein Arzt konnte ihm helfen. Deine Mutter hörte wohl davon und hat mich gebeten, Euren Vater zu pflegen, so wie ich seinerzeit Euch gepflegt hatte, und ein wenig nach dem Rechten zu sehen – und das tu ich gern. Nur, euer Vater lässt mich sein Bett nicht frisch machen und nimmt nur ab und zu eine Suppe zu sich und etwas Wasser, was kann ich da schon ausrichten."

„Mein Herz ist voller Dankbarkeit für alles was du damals für mich getan hast und nun für meinen Vater tust!" rief Bhatar aus, „Was immer du dir wünschst, es sei dir gewährt – auch wenn man deine Dienste nicht mit allem Gold der Welt aufwiegen kann!" „Ihr beschämt mich, Herr, " antwortete sie, „wie gesagt, ich tu es gern und der Lohn, den ich dafür bekomme ist reichlich und genug!" Und sie wandte sich wieder dem Herd zu.

Bhatar kehrte mit einem Glas Wasser zu seinem Vater zurück, der es dankbar annahm. Dann setzte er sich wieder zu ihm ans Bett, nahm dessen Hände wieder in die seinen und schloss die Augen. Endlich, nach langem Schweigen, unterbrach sein Vater die Stille, indem er zwar sehr leise, aber bestimmt zu ihm sprach: „Höre mein Sohn, ich habe viel Schuld auf mich geladen, gegen dich und deine Mutter. Sie habe ich in blinder Wut verstoßen und dich in deiner schwersten Zeit im Stich gelassen. Damals hatte ich gemeint, du hättest mich im Stich gelassen, weil du nicht mehr der strahlende, kraftvolle Sohn warst, auf den ich so stolz war. Krankheit hielt ich für unverzeihliche Schwäche und die Ansichten deiner Mutter für Schwachsinn. Meine eigene Krankheit belehrt mich nun eines anderen. Wie sehr hatte ich mir gewünscht, du kämst an mein Lager – oder deine Mutter. Jetzt erst verstehe ich, was ich dir angetan habe, als ich mich weigerte, zu dir an dein Krankenbett zu kommen. Und sollte ich jemals wieder mein Krankenlager verlassen können, dann werde ich mich in die Berge zu dem alten Einsiedler aufmachen, von dem deine Mutter erzählt hat. Wenn sie mir nur verzeihen könnte!"

„Und da ist noch etwas mein Sohn. Etwas, mit dem ich mich in all der Zeit nicht beschäftigen wollte", und der König deutete auf eine Pergamentrolle, die achtlos in einer Ecke lag. Bhatar holte sie hervor und als er die Inschrift las, wurde er bleich im Gesicht. Es war eine Nachricht von dem mächtigen Herrscher, der seinen Vater darin aufforderte, das Versprechen endlich einzulösen. Und er drohte, fände nicht bald die geplante Hochzeit statt, würde er das Land mit Krieg überziehen. Er hätte nun lange genug gewartet und wolle sich nicht mehr länger mit irgendwelchen Ausflüchten abspeisen lassen. Sein Heer stünde an den Grenzen bereit.

„Wie lange liegt das schon bei dir"? fragte Bhatar. „Ich weiß es nicht – viele Wochen jedenfalls, wenn nicht schon einige Monate", antwortete der Vater. „Ich wollte es darauf ankommen lassen – mir lag an meinem Reich nichts mehr!" Da weinte Bhatar. Er barg sein Gesicht in den Händen des Vaters und auch diesem liefen die Tränen über die eingefallenen Wangen.

Früh am nächsten Morgen eilte Bhatar in das Dorf zum Haus der Hebamme. Diese war gerade bei einer Geburt, aber seine Mutter war im Haus. Ein größeres Glück kann man sich nicht vorstellen, als sie ihren Sohn sah. Er musste ihr nun berichten, wie es ihm in all den Jahren ergangen war. Und Bhatar versicherte ihr, dass sie das einzig Richtige getan hatte, ihn – auch gegen seinen Willen – zu dem alten Einsiedler zu schicken. Dann wollte er auch von seiner Mutter wissen, wie alles gekommen war. Und nachdem sie sich gegenseitig alles erzählt hatten, bat er seine Mutter dem Vater zu verzeihen und ins Schloss zurückzukehren. „Das habe ich doch schon lange", sprach sie leise, „und wenn es sein Wunsch ist, werde ich gerne kommen."

Nun war der König bereit, sich wirklich pflegen zu lassen und auch die Hilfe seiner Gemahlin anzunehmen, und schon bald konnte er sein Krankenlager verlassen. Da trafen die ersten Boten ein, die berichteten, dass ein großes, feindliches Heer die östliche Grenze des Reiches überschritten hatte und mordend und brandschatzend durch das Land zog. Nun schämte sich der König, der sich erst jetzt der Tragweite seines Verhaltens bewusst wurde. Schämte sich, schuldig an seinem Volk geworden zu sein, weil er das Unheil wissentlich herbeigeführt hatte. Wie jetzt den wütenden Herrscher aufhalten, wie ihn besänftigen? Bhatar wollte auf der Stelle aufbrechen und ihm allein entgegen reiten. Er war überzeugt, dass der Herrscher sein Heer abziehen würde, wenn er von ihm erfuhr, wie sich die Dinge abgespielt hatten und er in aller Form um die Hand seiner Tochter anhalten würde. Doch sein Vater beschwor ihn, es nicht zu tun, denn er traute dem Herrscher nicht und befürchtete, seinen Sohn gleich wieder zu verlieren.

Bhatar aber schlug alle Warnungen in den Wind. Er verabschiedete sich schweren Herzens von seiner Mutter, umarmte noch einmal seinen Vater und ritt davon. Je weiter er nach Osten kam, desto mehr Flüchtende traf er an. Menschen, die alles zurückgelassen hatten, um ihr nacktes Leben zu retten. Die große Not in deren Augen schnürte ihm die Kehle zu. Dann kam der Tag, an dem er in der Ferne Rauch sah und als er näher kam, hörte er Schreien und Kampflärm. Da holte er das weiße Tuch hervor, das er für diesen Zweck mitgenommen hatte, befestigt es an einem langen Stock, den er im Wald gefunden hatte und näherte sich langsam dem Kampfgetümmel. Schon bald war er von einer Kriegerhorde umringt, die ihn schimpfend und schmähend zu ihrem Herrscher brachten.
Dieser betrachtete Bhatar voller Verachtung und wollte wissen, weshalb er gekommen wäre wie ein Feigling. Doch Bhatar kniete vor ihm nieder und bat den mächtigen Herrscher ihn anzuhören. Dieser aber lachte nur und befahl seinen Kriegern, Bhatar gefangen zu nehmen. Die Demütigung, die seine Tochter und

damit das ganze Reich durch ihn und seinen Vater erlitten habe, wäre durch Worte nicht mehr gutzumachen. Sein Tod wäre die gerechte Strafe.

Da merkte Bhatar wie recht sein Vater hatte und verwünschte seine Voreiligkeit. Er hätte sich gegen die Gefangennahme wehren können, aber er hatte schon lange nicht mehr gekämpft und Menschen zu töten, verbot ihm sein Gewissen. In seinen Kampfspielen früher ging es nie um Leben oder Tod, sondern um Kraft und Geschicklichkeit. Er wurde mit Lederriemen gefesselt und in ein kleines Zelt gebracht, dabei hörte er noch, wie der Herrscher einem der Krieger befahl, einen geeigneten Platz zu finden, denn morgen sollte die öffentliche Hinrichtung des Königssohnes stattfinden. Seinem Vater würde er dann mit großer Genugtuung den Kopf des Sohnes schicken.

In dieser Nacht schlief Bhatar nicht. Er versuchte sich von den Fesseln zu befreien, doch es gelang ihm nicht. Da sammelte er sich wieder in Stille und horchte in sich hinein, aber es kam ihm kein rettender Gedanke – doch dachte er plötzlich an den Drachen und flüsterte: „Gárgol." Da hörte er auch schon das mächtige Flügelrauschen. Die Morgendämmerung war gerade angebrochen und von dem Lärm erwachten auch der Herrscher und seine Krieger. Doch noch ehe sie die Waffen gegen den Drachen erheben konnten, spülte er sie mit einem mächtigen Wasserstrahl hinweg. Und wer darin nicht ertrank oder durch den mächtigen Druck umkam, der suchte sein Heil in der Flucht. Erst später hatte Bhatar erfahren, dass auch der mächtige Herrscher unter den Toten war.

Gárgol aber nahm den Königssohn vorsichtig in seine Klauen und flog mit ihm zum Schloss seines Vaters. Dort legte er ihn behutsam vor das Schlosstor und Bhatar hörte wieder seine dunkle Stimme: „Sei unbesorgt, ich werde die nächsten Tage an der östlichen Grenze Wache halten und kein Feind wird es mehr wagen, diese zu überschreiten!"

Seine Mutter war vom Rauschen der Drachenflügel aufgewacht und als sie zum Fenster hinaussah, blieb ihr vor Schreck beinah das Herz stehen. Dann aber sah sie, wie vorsichtig der riesige Drache ihren Sohn auf den Boden gleiten ließ, sah wie die beiden miteinander sprachen und schloss daraus, dass dieses Untier ein Freund ihres Sohnes und nicht sein Feind war. Sie lief so schnell sie konnte an das Schlosstor und konnte gerade noch sehen, wie der Drache dem Sonnenaufgang entgegenflog. Mit einem Aufschrei stürzte sie sich auf ihren Sohn und als sie sah, dass er gefesselt war, holte sie ein scharfes Messer aus der Küche und befreite Bhatar endlich von den Fesseln. Auch der König war inzwischen aufgewacht und Bhatar musste ihm berichten, wie recht er mit seiner Warnung hatte und dass er ohne die Hilfe seines Freundes jetzt tot wäre. Nun erzählte er den beiden auch von seinem Erlebnis mit dem wasserspeienden Drachen.

Als sich der König kräftig genug fühlte, machte er sich auf den Weg zum alten Einsiedler im Gebirge, so wie er es versprochen hatte. Die Königin sah ihm wehmütig nach, zu gerne wäre sie mitgekommen, jetzt, wo sich ihre Herzen gerade wieder gefunden hatten. Aber sie wusste, dass ihr Gemahl diesen Weg allein gehen musste.
Bevor er aber ging übergab der König seinem Sohn die Krone. Als einfacher Pilger wollte er zu dem heiligen Mann gehen und blieb bei dem Einsiedler bis zu dessen Tod. Die Einsiedelei hatte er dann übernommen und viele Pilger kamen, um von ihm zu lernen und keiner kam umsonst. Die Königin aber kehrte zur alten Hebamme zurück und als diese starb, hatte sie so viel von ihr gelernt, dass sie deren Arbeit fortführen konnte.

Bhatar aber regierte das Reich mit Umsicht und Weisheit und schon bald waren die Wunden des Krieges geheilt. Mit der Tochter des mächtigen Herrschers schloss er Frieden. Als sich die beiden kennengelernt hatten, wurde ihnen klar, dass sie nicht zueinander passten. Ihr konnte er nun erklären, wie alles gekommen war und da sie nicht rachsüchtig war, wie ihr Vater, genügte ihr eine förmliche Entschuldigung und die reichliche Abfindung, mit der Bhatar das Friedensbündnis besiegelte.

Zu seinem Glück fehlte ihm nur noch eine Frau an seiner Seite. Und als er einmal in einer hellen Vollmondnacht schlaflos in seinem Gemach umher ging, überfiel ihn eine nie gekannte Sehnsucht. Da hörte er ein Rauschen und Brausen und als er zum Fenster hinausschaute, sah er Gárgol herankommen. Er landete in einiger Entfernung vor dem Schloss und als Bhatar hinauslief, um den Freund zu begrüßen, stieg gerade eine junge Frau von dessen Rücken, schön wie die Morgenröte. Sie reichte ihm beide Hände und Bhatar hörte die tiefe dunkle Stimme des Drachen: „Hier ist die Frau, nach der dein Herz gerufen hat und die bereit ist ihr Leben mit dem deinen zu teilen. Sie ist meine Tochter und liebt dich, seit ich von dir erzählt habe!" Mit diesen Worten schwang er sich auf und flog wieder fort, direkt in das Licht des vollen Mondes hinein.

Bhatar vermählte sich mit der Drachentochter Gárlain und mit ihr kamen Glück und Reichtum zu Umsicht und Weisheit ins Reich. Und alle lebten in Frieden und in Freuden!

Wenn Schlimmes

dir im Leben widerfährt
und der Verzweiflung Nacht
dich schwarz umfängt:
es wurde dir nicht aufgedrängt
durch Gottes- oder Schicksalsmacht,
aus deiner Seelentiefe
ist´s emporgestiegen.

So wie die Freude
dich entfaltet
gestaltet
Leid dich
und verleiht dir Form
und zwingt dich
tiefer zu verwurzeln,
dann hältst du Stand
und dich zerbricht
kein Sturm!

Monddrache

Adaya
Der Bogen des Abstiegs

Wer vermag wohl die Tiefen des Ozeans auszuloten? Oder gar die Tiefen des Alls? Ich sage dir: deine Seele vermag es, denn sie ist die Tiefe des Ozeans, die Tiefe des Alls. Höre und staune!

Einst trafen sich die mächtigen Gottheiten des Himmels, um geheimen Rat zu halten. Etwas beunruhigte sie, etwas, das sich ihrem weitreichenden Blick, ihrem umfassenden Wissen entzog. Es traf sie tief in ihrem Stolz, dass es da etwas gab, das zu fassen sie nicht imstande waren. Aber sie spürten es, sie spürten es an kleinen, seltsamen Veränderungen, die sie um sich herum wahrnahmen. In der Milchstraße zum Beispiel gab es kleine Wirbel, die sie noch nie gesehen hatten. Oder im Andromeda Nebel, da machten sie kleine dunkle Punkte aus. Jedenfalls schien im Universum eine Kraft am Wirken zu sein, die sie nicht kannten und das beunruhigte sie.

Diese Gottheiten kamen aus unfassbaren Dimensionen. Sie waren weder männlich noch weiblich, weder gut noch böse. Sie waren Schöpfer, die aus sich heraus Galaxien und Welten hervorbrachten. Die Ausformung und Entfaltung dieser Welten überließen sie den weniger mächtigen Gottheiten. Diese wiederum erschufen göttliche Wesen, deren Aufgabe es war, die Sternengeburtsstätten und Sonnensysteme zu betreuen.
Zu dem geheimen Rat geladen waren nur die obersten, die mächtigsten Gottheiten, die schon viele Galaxien erschaffen hatten. Den kleineren, weniger mächtigen traute man nicht zu, sich über dieses Problem brauchbare Gedanken zu machen. Und obwohl sich alle Gottheiten zu Wort gemeldet und in längeren oder kürzeren Reden ihre Vermutungen und ihren Unmut über diese Unmöglichkeit ausgedrückt

hatten, waren sie keinen Schritt weitergekommen. Das, was sich da in ihren Schöpfungen tat blieb ihnen ein Rätsel.

Adaya, der Schöpfer vieler Galaxien, darunter auch der unsrigen, verließ als erster die Versammlung. Ihn flog ein ungebührlicher Gedanke an, den er gleich wieder verwerfen wollte, der sich aber hartnäckig festsetzte: er sollte doch von seiner hohen Warte herabsteigen und noch die Meinung der niedrigeren Gottheiten einholen. Das war noch nie da gewesen. Adaya stieg also in diese unteren Ebenen hinab, fragte den Einen und den Anderen, bekam aber keine zufriedenstellende Auskunft. Zum Schluss fragte er Adcár, der sich um die Entwicklung unserer Galaxie kümmerte, ob ihm etwas Ungewöhnliches aufgefallen sei. Und nach einigem Nachdenken berichtete ihm Adcár, dass sich am Rande seiner Galaxie, in einem kleinen, unbedeutenden Sonnensystem etwas Seltsames ereigne. Er habe dem noch keine Bedeutung beigemessen und wollte sich auch nicht in die Belange des göttlichen Wesens einmischen, das dieses Sonnensystem zu betreuen hatte. Aber in diesem Sonnensystem gäbe es einige Turbulenzen, die ungewöhnlich waren. Da beschloss Adaya noch tiefer hinab zu steigen, um dem göttlichen Betreuer dieser kleinen Einheit einen Besuch abzustatten.

Noch nie war eine so mächtige Gottheit so tief hinab gestiegen und trotz seiner Weitsichtigkeit und seines umfassenden Wissens war sich Adaya, als er sich dafür entschieden hatte, der Wirkung dieses Abstiegs nicht bewusst. Sein weitreichender Blick verengte sich mehr und mehr, als würde sich ein Nebel an die Peripherie seines Schauens legen. Sein umfassendes Wissen verlor an Klarheit, wurde diffuser und es strengte ihn immer mehr an, sich auf das Allumfassende zu konzentrieren. Dann kam etwas in sein Erfahrungsfeld, das ihn mit Entzücken erfüllte, Farben! Darauf war er nicht vorbereitet und er war wie berauscht. Fast hätte er vergessen, weshalb er in diese Tiefen hinab gestiegen war, da traf er das göttliche Wesen zu dem er wollte. Diese Begegnung war anders, als Adaya sie in seiner Vision schaute.

Nichts schien mehr seine ihm gewohnte Ordnung zu haben, denn dieses Wesen fluktuierte und veränderte immer wieder seine Form und das verwirrte ihn.

Der göttlichen Betreuer unseres Sonnensystems aber war über die Maßen erfreut, so hohen Besuch zu bekommen und bemühte sich daher für Adaya eine Einheit zu bleiben, um mit dieser mächtigen Gottheit auch kommunizieren zu können. Was Adaya nun erfuhr, veränderte sein Bewusstsein und es bekam eine Tiefe und Weite, wie sie noch keine Gottheit erfahren hatte.

Der Betreuer nannte sich selbst Òran-Tìr, was man übersetzen könnte mit „Lied der Erde". Er war Äonen lang zufrieden mit seiner Aufgabe, das kleine Sonnensystem am Rande der Milchstraße zu betreuen. Aber irgendwann begann er ein Unbehagen zu spüren, erst ganz unmerklich, dann wurde dieses Empfinden immer stärker, bis sich endlich ein konkretes Bedürfnis nach Veränderung herauskristallisierte. Er wollte nicht nur betreuen, was hohe Gottheiten erschaffen hatten, er wollte selbst auch schöpferisch tätig sein – und das war im ganzen Universum noch nie vorgekommen, dass ein Wesen dieser unteren Dimension sich anmaßte, Schöpfer sein zu wollen. Aber Òran-Tìr kümmerte sich nicht darum, was konnte schon geschehen? Schlimmstenfalls würde seine energetische Einheit aufgelöst und der höheren Gottheit Adcár zugeführt werden. Alles besser als sich weiterhin dem Gefühl einer ungestillten Sehnsucht auszusetzen.

Und Òran-Tìr berichtete Adaya, wie er behutsam anfing seine Form zu verändern. Er lotete sein Wesen bis zu dessen Grenzen aus und versuchte sich darüber hinaus auszudehnen. Er dehnte und weitete sich, bis er plötzlich einen seltsamen Stich verspürte und merkte, wie sich sein Wesen teilte. Es fühlte sich sonderbar an, er war eins und doch auch zwei. Das, was noch organisch in ihm hin- und her geflossen ist, stand sich plötzlich gegenüber. Aber seine Schöpferkraft reichte nicht aus, diese beiden Formen getrennt zu halten. Zwischen ihnen entstand eine Anziehungskraft, die in einem ekstatischen Taumel endete, als sie wieder eins wurden. Diese Kraft war so stark, dass ein energetischer Wirbel entstand, der aus ihm hinausgeschleudert und zu einem neuen Wesen wurde und dieses Wesen war männlich. Òran-Tìr nannte seine Schöpfung Tìr-Man. Er hatte eine starke pulsierende Ausstrahlung und fühlte sich zur Sonne hingezogen. Während Òran-Tìr davon erzählte, formte sich in Adaya dessen Erfahrung zu eigenem Wissen. Er tauchte tiefer und tiefer in die Schöpfung Òran-Tìrs ein, verschmolz mit der Sonne und erfuhr, was es bedeutete zu strahlen. Und diese Erfahrung löste kleine Wirbel in der Milchstraße aus.

Adaya war nun auch Òran-Tìr, der sich wieder teilte und vereinte, dieses Mal auf eine sanfte, fließende Art und wieder entstand daraus ein neues Wesen und dieses Wesen war weiblich. Òran-Tìr gab ihr den Namen Tìr-Injhan und sie verband sich mit der sanften, reflektierenden Strahlung des Mondes, der die Erde umkreiste. Als Adaya auch Tìr-Injhan in sich fühlte, wusste er, was Hingabe bedeutete. Es war wie eine Höhlung, eine innere Leere, die mit magnetischer Kraft Tìr-Man anzog.
Und im gleichen Rhythmus wie Òran-Tìr sich teilte und vereinte, durchdrangen sich Tìr-Injhan und Tìr-Man, gingen ineinander auf und trennten sich wieder. Und bei diesem Tanz zeugten sie Söhne und Töchter – Götter und Göttinnen von außerordentlicher Schönheit und Stärke. In Òran-Tìr wuchs eine so große Liebe zu diesen herrlichen Wesen, dass er ihnen einen Garten schuf, ein Paradies, ihrer Schönheit ebenbürtig. Dafür wählte er in seinem Sonnensystem den Planeten Erde aus, ein kleines Juwel aus Feuer und Wasser. Er mischte die beiden Elemente und formte daraus hohe Berge und weite Ebenen. Meere dehnten sich aus, Winde entstanden und Wolken. Òran-Tìr schuf Pflanzen und Tiere, herrliche Wasserfälle und stille Buchten und alles was Òran-Tìr aus sich heraus schuf und formte pulsierte in seinem Rhythmus, dem neuen Rhythmus des Universums. Eine Fluktuation des Erscheinens und Verschwindens, ein ewiges Ein- und Ausatmen, das sich bis in die materiellen Manifestationen Òran-Tìrs hinein fortsetzte und dort zu Leben und Tod wurde.

Adaya stieg auch in diese Dimension der Stofflichkeit hinab und erinnerte sich kaum noch daran, woher und weshalb er gekommen war. Er verband sich mit den erhabenen Bergen und sank für Äonen in tiefe Meditation über die Schönheit der Erde. Diese Berge werden bis heute als Gottheiten verehrt oder in Mythen und Märchen als Sitz der Götter beschrieben. Adaya wurde zu einem mächtigen Baum, zog sich in dessen Samen zurück und verstreute sich über die ganze Erde, wurde zum Wald, zum Urwald. Tosend stürzte er als mächtiger Wasserfall in die Tiefe, er wurde zum Fluss und zum Meer und erweiterte seine Wesenheit mit jeder neuen Schöpfung Òran-Tìrs.

Aber auch die Söhne und Töchter von Tìr-Injhan und Tìr-Man, die Götter und Göttinnen schufen ihrerseits neue Wesen und nannten diese Menschen. Und je nach dem, in welcher Laune und auf welchem Platz sie sich vereinten, entstanden Könige und Priesterinnen, Heilige und Helden, Lehrerinnen und Dichter und die Erde bevölkerte sich. Adaya verband sich auch mit ihnen. Angezogen von dieser neuen Art der Erfahrung tauchte er in die Welt der Sterblichen ein und begann sich im Kreis der Inkarnationen zu drehen. Dabei legte sich die Dunkelheit des Vergessens über das, was einst sein umfassendes Wesen war. Und diese Dunkelheit floss in die Schöpfungen des Òran-Tìr.
Dieser versuchte sich dagegen zu wehren, versuchte die Kinder seiner Söhne und Töchter vor der Dunkelheit des Vergessens zu bewahren und schon war die Energie des Kampfes geboren. Ganze Göttergeschlechter verwickelten sich darin und schufen dabei seltsame Misch- und Zwischenwesen, die Dämonen. Die Mächtigsten unter ihnen waren die Licht- und Dunkeldämonen, die sich erbarmungslos bekämpften. Und für ihren Kampf suchten sie Verbündete unter den Menschen. Diese aber, von der Dunkelheit des Vergessens verblendet, dachten es wäre ihr Kampf. So zogen die Menschen gegeneinander in den Krieg, wieder und wieder und erfuhren dadurch Leid und Schmerz in unsagbarem Ausmaß. Adaya war einer von ihnen.

Er war nicht nur einer von ihnen, er war in jedem einzelnen von ihnen, nur wusste er es nicht mehr. Seine Schöpferkraft sank in die Tiefen des Unbewussten. Von dort aus schickte sie den Menschen Träume und Bilder und formte so unbemerkt den menschlichen Geist. Kulturen entstanden und verschwanden, ganz im neuen Rhythmus des Werdens und Vergehens.

Òran-Tìr aber wurde nicht müde gegen das Vergessen anzukämpfen und die Menschen immer wieder daran zu erinnern, woher sie kamen und wohin sie gingen, wenn ihre energetische Einheit im Tod wieder aufgelöst in seine einging. Seine große Liebe zu seiner Schöpfung verband sich mit den Träumen und Bildern der Menschen und erzeugte eine tiefe Sehnsucht in ihnen, ihren göttlichen Ursprung zu erfahren. Rituale und Kulte, Mythen und Religionen wurden geboren. Doch auch in ihnen spiegelte sich der Kampf der Götter und Dämonen wider. Diese hatten die Macht gekostet, Blut geleckt und waren nicht gewillt, ihre Macht über die Menschen wieder aufzugeben. So wurden auch Rituale und Kulte, Mythen und Religionen Gegenstand von Kampf und Krieg unter den Menschen, der sie daran hinderte, ihrer wahren Sehnsucht nachzugehen. Sie waren gefangen im Drama des Kampfes von Licht und Dunkel, von Gut und Böse, von Opfer und Täter, gefangen im Glauben, dass dieser Kampf ihr eigener war.

Ihre Sehnsucht aber wuchs tief verborgen im Innen weiter. Und wie ein Samen, der sich im dunklen Erdreich verwurzelt und dann seinen Keim der Sonne entgegenschickt, entwickelte sich aus dieser Sehnsucht heraus im Menschen langsam der Keim eines Bewusstseins seiner selbst als schöpferisches Wesen. Doch Adaya in ihnen war noch weit entfernt vom Wissen um seine Göttlichkeit. Weit entfernt von der Erkenntnis, dass er es war, der den Kampf von Licht und Dunkel, das Leid und den Schmerz in die Welt der Menschen gebracht hatte. Er wusste noch nicht, dass er selbst die Träume und Bilder erschuf, die die Menschen bewegten und die sie langsam aus der Dumpfheit des Vergessens herausführten.

Noch dachte er zu träumen, wenn er im Mondlicht spazieren ging, ganz erfüllt von einer unfassbaren Sehnsucht, und plötzlich Tìr-Injhan vor sich sah. Er wusste nicht, dass er auch einmal sie war, dass diese unfassbare Sehnsucht ein Erinnern war. Ein Erinnern an ein Gefühl von Hingabe und einer Leere, die ein ganzes Universum barg. Noch suchte er Tìr-Injhan in allen Menschenfrauen. Und im Vater, im König, im Meister suchte er Tìr-Man. Welches Glücksgefühl durchströmte ihn, wenn er einen Sonnenaufgang sah, wenn nach langen Regentagen die Sonne durchbrach. Dass auch dieses Glücksgefühl ein Erinnern war, ein Erinnern an eine Strahlkraft ohne Gleichen, wusste er noch nicht.

Doch langsam, ganz langsam dehnte sich sein Bewusstsein wieder aus. Langsam, ganz langsam dämmerte ihm, dass er in den Menschenfrauen, im Vater, im König, im Meister seine eigene Kraft, seine Schöpferkraft suchte und dass sie nie verloren war, nur vergessen. Weiter und weiter dehnte sich sein Bewusstsein aus. Es erfasste zuerst die Verbindung von Tìr-Man und Tìr-Injhan, erkannte in ihnen das männliche und weibliche Prinzip, weit vor der Verdichtung zu Mann und Frau. Dann erfasste er das Wesen Òran-Tìrs und wusste nun, dass sein Vergessen Ursache der dramatischen Entwicklung in dessen Schöpfung war. Adaya erfuhr wieder wie die Schöpfungen Òran-Tìrs sein eigenes Wesen unendlich erweitert hatten. Und wusste nun, wie dieser Betreuer des kleinen Sonnensystems am Rande der Milchstraße mit seinem Mut zur individuellen Schöpferkraft ein ganzes Universum verändert hatte.

Er wusste wieder um sich selbst und erfuhr sich gleichzeitig in allen Schöpfungen Òran-Tìrs. Sein Bewusstsein als mächtiger Schöpfer vieler Galaxien und Welten hatte sich erweitert um das individuelle Bewusstsein Òran-Tìrs und dessen vielfältigen Schöpfungen, einschließlich des Menschseins – und tiefer noch: um die Erfahrung des Nichtbewusstseins. Sein Wissen darum, dass er selbst die kleinen Wirbel in der Milchstraße und die kleinen dunklen Punkte im Andromeda Nebel verursacht hatte, teilte er nun allen anderen Gottheiten, den mächtigen und weniger mächtigen, mit und auch das Wissen, dass diese unbekannte Kraft, die im Universum wirkte, ein neuer Rhythmus war und ein neu erwachtes individuelles Bewusstsein.

Vision

Menschenschicksal, Göttererben
Dramaturgie im Tanz.
Viele tausend Leben sterben,
Harmonie und Dissonanz
zu immer neuen
Mustern weben –
Menschenleben!

Götterschicksal, Menschenseele,
Verdichtungen zu Raum und Zeit.
Im Regenbogen
der Gefühle
Symphonie der Ewigkeit
zu immer neuen
Dimensionen weben –
Götterleben!

Die folgenden Geschichten sind meinem inneren Kind gewidmet, und beginnen mit einer Hommage an uns „Kriegskinder".

Hommage an uns „Kriegskinder"

Und wieder schwingt in der Atmosphäre tausendfaches Leid, und wieder Krieg – nicht bei uns, aber direkt vor unserer Haustür. Als könnte die Menschheit nicht genug davon bekommen. Atmosphäre kennt keine Grenzen. Das Leid weckt Erinnerung an eigene Ur-Erfahrung…

Vor 70 Jahren

Ich kam auf die Welt
als der Wahnsinn regierte
und das 1000-jährige Reich
in Schutt und Asche zerfiel.
Ich kam auf die Welt
als täglich die Angst
ein treuer Begleiter war
und die Hoffnung auf Frieden
in Tränen ertrank.
Ich kam auf die Welt
und wollte nicht bleiben…

Ich kam auf die Welt
als die Vernichtung
der Vollendung zuging
und der Schnitter Tod
reiche Ernte einfuhr.
Ich kam auf die Welt

als Hunger und Elend
das tägliche Brot war
und der Kampf ums Überleben
der einzige Sinn.
Ich kam auf die Welt
und wollte nicht bleiben…

Ich kam auf die Welt
als das Land seiner Männer beraubt war,
in der Kriegsmaschinerie
auf dem Schlachtfeld verheizt.
Ich kam auf die Welt
als das Reich seine Juden entsorgte
und Frauen und Mütter
vor den Leichenwagen gespannt.
Ich kam auf die Welt…
doch wo sollten wir Kinder nur bleiben…?

Ich kam auf die Welt
weil die Liebessehnsucht der Eltern,
dem Wahnsinn des Krieges zum Trotz,
den Keim neuen Lebens pflanzte…
die Hoffnung auf Zukunft,
auf das Ende des Leids.

In die Atmosphäre des Krieges
hineingeboren,
die Angst vor Vernichtung
hautnah erlebt

unter dem Herzen der Mutter,
in ihren Träumen…
das hat mich geprägt,
verstört und bestärkt:
      Ich kam auf die Welt
und wollte bleiben…
als Kind der Hoffnung…(?)

Viele von uns am Ende des Krieges Geborene kennen diese unnennbare Ängste, diese tiefe Lebensunsicherheit, für die es keine Worte gibt, diese Hellfühligkeit für den Schmerz und das Leid der anderen… der Wunsch zu helfen… zu verstehen… auch die Wege daraus…

Die am Anfang des Kriegs Geborenen nahmen eine andere Atmosphäre war. Kriegs- und Siegeswillen, durch die entsprechende Massenpropaganda geschürt, standen im Vordergrund, auch wenn viele (insgeheim) gegen den Krieg waren. Angst ging auch um: vor der Gestapo, vor Denunzierung und Verrat.
Die Kinder, die nach dem Kriegsende kamen, wurden in eine Atmosphäre der Scham, aber auch des Aufatmens, der Erleichterung hineingeboren, obwohl Hunger und Not noch allgegenwärtig waren. Alle Kräfte wurden mobilisiert, um die zerstörten Städte, die darniederliegende Wirtschaft wieder aufzubauen.

Für die Not und das Leid der Kinder, die den Krieg miterlebt hatten, in den zerbombten Städten, auf der Flucht, in den Konzentrationslagern, durch Hunger, Kälte, Verlust usw., gab es keinen Platz, die Not und das Leid der Erwachsenen standen im Vordergrund. Sie waren zu sehr damit beschäftigt zu überleben und dann mit dem Aufbau einer neuen Welt. Wir Kinder waren irgendwo dazwischen geraten, auch die nach dem Krieg geborenen. Inzwischen wissen wir, wie sehr diese Traumatisierung durch das Kriegsgeschehen noch bis in unsere Zeit hineinwirkt, in das Leben unserer Kinder, die oft nicht wissen, woher ihre Ängste und Lebensunsicherheiten (auch Scham) kommen.

Nehmen wir uns und unsere Kinder in den Arm – in dem Bewusstsein, dass Liebe stärker ist als Angst und Leid – und Krieg.

Nehmen wir das Leid unserer Nachbarn und ihrer Kinder in den Kriegsgebieten ernst und schauen nicht weg, sondern hin! Einst war es das unsere...

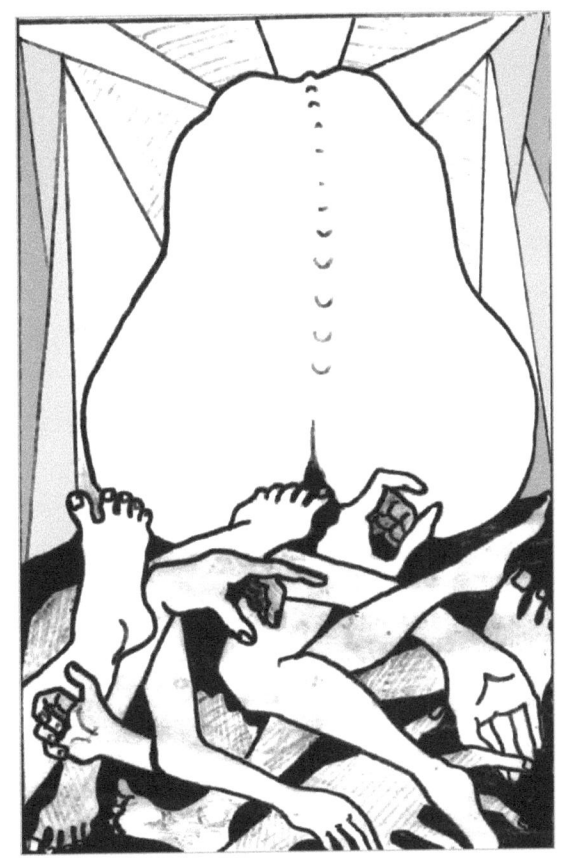

Krieg

Der totale Krieg

Annerl, komm, schnell, die Sirenen! Mir müass'n in'n Luftschutzkeller! Jetzt komm,
Annerl, schnell!!! Komm scho', lauf!!!
Mama, i hab' Angst!
Ja, Annerl, aber wir müass'n …! Komm! Schnell! Wir müass'n in'n Luftschutzkeller!
Mama, mei Puppi!
Na, Annerl, ned jetzt! Mia kenna nimma z'ruck, komm scho' lauf!
Mama!
Na Annerl!

Jetzt drängelns doch ned so, Frau! Alle müass man nei!

Annerl?! Annerl, wo bist? Hat jemand mei Kind g'sehn? Annerl!!!

Jetzt pass'ns doch auf, Frau!

Mei Madl is weg!

Jetzt schrein's doch net so, san jo net nur Sie do!

Annerl! Annerl wo bist?

Beruhig'ns eana doch, Frau – s'wird scho wieda auftauch'n, 's Kind.

A Liacht! I brauch a Liacht!

San's verruckt, Frau - mir derf ma do koa Licht moch'n im Luftschutzkeller!

Aber mei Kind is weg! Annerl, Annerl wo bist!?

Die is wirkli verruckt! Die rennt wieda auße, so schwanga wia's is! - Bleim's doch
do Frau, Se kenna nimma 'naus, drauß'n hagelt's Bomben! Blei'ms doch do, no
dazua in eanam Zuastand!

Die Mutter aba rennt auf'd Straß'n, und do siagt sie ihr Kind! 's Annerl!
Mitt'n auf der Straß'n steht's, ihr Pupperl fescht ans Herz druckt, die Augn weit
aufgrissn, und die Mutter rennt hin und druckt's Annerl fescht an sich. Sie woant:
„Annerl, mei Annerl, was machscht denn!"
Und rundherum geht die Welt unter. Bomben fallen, Häuser stürzen ein – auch
des Haus, aus dem die Mutter g'rennt is – alle im Luftschutzkeller san umkommen.
Durch'n Luftdruck, durch'n Staub, im Feuer! Es brennt, es brennt überall!!!

Und mitten drin in dem Inferno die Mutter und ihr Annerl! Und wia durch a
Wunder is dena zwoa nix g'scheh'ng, grad so, als hätt'der liabe God sei Hand über
sie g'haltn.
Aber 144 Menschen san in der Nacht im Bombenhagel g'storben, 500 war'n zum
Teil schwar verletzt und 6000 san obdachlos word'n.

Und am nägscht'n Tag hat ma im Radio g'hört:
„In der vergangenen Nacht führten Verbände der britischen Luftwaffe Störangriffe
auf süd- und südwestdeutsches Gebiet durch. Die Zivilbevölkerung hatte Verluste.
In den Wohnvierteln einiger Städte entstanden Sach- und Gebäudeschäden. Nacht-
jäger und Flakbatterien schossen nach bisherigen Meldungen 32 der angreifenden
Bomber ab."
In dia Münchner Zeitungen oba is nix g'standn üba den Luftangriff in dera Nocht,
der Nocht vom 28. auf'n 29. August 42, der des scheans Sendling in Schutt und

Asche g'legt hot, und in der so viel Mensch'n g'storbn san -'s war wohl ned da Red wert, oda?!

Fritz Fenzl schreibt in seinen Münchner Stadtgeschichten – und ich kann dieses Buch nur jedem empfehlen, der sich einen Überblick über Münchens Geschichte machen will:
er schreibt, „dass es doch wirklich sonderbar ist für denjenigen, der sich in das schauerliche Thema – in dieses braune Kapitel der Stadt – einliest, dass in so vielen Chroniken wohl den historischen Gebäuden nachgeweint wird, oder den Bänden der Staatsbibliothek. ... Was aber sind ,wertvolle' Bücher gegen die Einzelschicksale, die sich hinter dem Satz verstecken: Die Zivilbevölkerung hatte Verluste... oder: soundso viele hundert Menschen starben in den Trümmern ihrer Häuser!"

Wie viele Kinder! Wie viele Mütter! So viele Menschen!!! Mehr als 6000 sind zwischen 1942 und 45 in den vielen Bombennächten in München ums Leben gekommen. Wer weiß heute noch, was das bedeutet hat. Immer in Angst, in Todesangst und immer in Anspannung! Und nie genug zum Leben!

Wie ein Hohn dann die hehren Worte des damaligen Gauleiters: „Der heilige Glaube an die Überwindung der uns bedrohenden schweren Gefahr, die Erkenntnis der unerbittlichen Entscheidung über Leben und Tod des gesamten deutschen Volkes und der Fanatismus zur Erfüllung der unserer Generation gestellten Aufgabe, werden uns helfen, die Notwendigkeit der totalen Kriegsführung zu erkennen und das Gute, das in allem Harten tief verborgen liegt, zu finden." (Fritz Fenzl zitiert hier Kurt Preis aus „München unterm Hakenkreuz).

Für uns Gottseidank Vergangenheit und Geschichte. Für wie viele aber Gegenwart! So viele Kriegsschauplätze immer noch auf dieser Welt! So viele Tote, so viele Einzelschicksale, so viel Leid! Aber: immer wieder auch Wunder! Trotz alledem!

Der dunkle Abgrund

Es war einmal – vielleicht auch nicht – wer weiß das schon so genau! Wo Schatten ist – da ist auch Licht – oder war es umgekehrt?
In den Schöpfungsmythen erzählt man sich, dass das Licht aus der Dunkelheit geboren wurde. Aber eben, wer weiß das schon so genau?

Es war einmal ein kleines Mädchen. Dieses jedenfalls glaubte daran, dass es umgekehrt war, dass das Licht zuerst da war. Zumindest hatte der Pfarrer das so gesagt und dass das Dunkel böse und schlecht war und dass Gott das Licht war, und dass der Teufel das Dunkel gemacht hat und dass die Menschen auf den Teufel gehört haben und deshalb Sünder wurden. Und der Pfarrer musste das ja wissen, wo er doch der Diener Gottes war.
Das alles hatte sich das Mädchen sehr zu Herzen genommen. Es wollte kein Sünder sein, es wollte nicht böse sein und in die Hölle zum Teufel kommen. Es wollte zu Jesus und Maria, die mit dem brennenden Herzen und den segnenden Händen. Aber da war noch die Sache mit dem Kreuz. Das hat das kleine Mädchen nicht verstanden – oder doch? Es hatte jedenfalls das Kreuz für den Heiland tragen wollen, aber das war viel zu schwer für die Kleine. Da ist sie weinend fortgelaufen und hat nicht gewusst wohin sie gehen sollte. Sie hatte keinen Vater und keine Mutter mehr, nur eine Öde ringsum und da wollte sie nicht mehr leben.
Aber wie die Kleine so vor dem dunklen Abgrund stand, war plötzlich eine uralte Frau da, nahm sie einfach in die Arme, hielt sie fest und wiegte sie. Da musste das

Mädchen noch mehr weinen, denn wie sollte es jemand lieb haben können? Sie hatte es ja nicht geschafft, das Kreuz für Jesus zu tragen – oder für die Mutter, oder für den Vater – und auch nicht für die Oma. Die Kleine fühlte sich so schuldig und so sündig. Und da hat sie sich noch mehr in sich hinein verkrochen und ist lange, lange am Abgrund entlang gegangen.

Einmal kam eine schöne hohe Frau zu ihm, die war ganz in Blau gekleidet und ganz licht. Die hat das Mädchen auch in den Arm genommen und wollte es trösten, aber das Mädchen hat das noch weniger ausgehalten – wo es doch eine Sünderin war – und ist ganz schnell weggelaufen. Und immer noch an dem dunklen Abgrund entlang.

So ist das Mädchen langsam zur Frau herangewachsen. Eines Tages hat sie eine Stimme gehört und als sie genauer hinhörte, merkte die Frau, dass die Stimme aus dem Abgrund kam. „Komm …, komm …", lockte die Stimme wieder und wieder und schließlich mit solcher Macht, dass sich die Frau nicht mehr dagegen wehren konnte und sich einfach fallen ließ, in diesen dunklen Abgrund hinein fallen ließ.

Aber das Schlimme, das sie erwartet hatte traf nicht ein. Es war warm, dieses Dunkel, es war Schutz, dieses Dunkel, es war Geborgenheit, dieses Dunkel. Und plötzlich war die Frau nicht mehr allein in diesem Dunkel, da waren viele. Und wieder hörte sie diese Stimme, die sie gelockt hatte, es war die Stimme der Ahnin und tiefer noch: die Stimme der Uralten. Und die Uralte erzählte ihr von der Dunkelheit und von dem Licht, das aus der Dunkelheit geboren wird. Und dass weder das Dunkel böse, noch das Licht gut war. Es waren einfach zwei Seiten einer Medaille. Sie erzählte der Frau, dass wir Menschen die Erscheinungen und die Dinge bewerten, sie in Gut und Böse einteilen. Und sie erklärte ihr auch, dass das Kreuz, das Jesus getragen hatte, die Welt war, der Schmerz und die Unwissenheit der Welt – und dass es für keinen Menschen – und schon gar nicht für ein kleines Mädchen gedacht war, dieses Kreuz zu tragen, dieses Kreuz auf sich zu nehmen. Sie sagte, dass jeder Mensch an seinem eigenen Kreuz, an seinem eigenen Schicksal genug trage. Sie erklärte ihr auch, dass auch Mama und Papa und die Oma ihr eigenes Kreuz zu tragen hatten und dass es nicht die Aufgabe des kleinen Mädchens war, es ihnen abzunehmen.

Langsam, ganz langsam begriff die Frau. Langsam, ganz langsam begann sie im Dunklen zu sehen. Und sie sah ihre Mutter, und sie sah ihre Großmutter, und sie sah ihre Urgroßmutter – eine lange Ahninnen-Reihe, die von weit hinten, von wo weiß her, ein Kreuz weitergaben – bis zu ihr vor. Und als sie das Kreuz in ihren Händen hielt, war es aus reinen Diamanten. Einem Impuls aus ihrem Herzen folgend hat die Frau dann dieses Kreuz genommen und es hoch in den Himmel geworfen. Da hat sich das Kreuz aufgelöst und die Diamanten wurden zu leuchtenden Sternen. Es wurde hell ringsum und die Frau sah alle ihre Ahninnen, in deren Augen es auch funkelte, aber es waren Freudentränen, die da leuchteten.

Und doch war in all der Helle ein dunkler Fleck. Als die Frau hinsah, genau hinsah, da erkannte sie einen dunklen viereckigen Kasten mit dicken Eisenstäben drum herum und einer kleinen Tür mit einem großen Vorhängeschloss daran. Sie wollte schon auf die Kiste zugehen, um zu sehen, was sich darin befand, da sprang plötzlich ein großes schwarzes Tier auf sie zu und wollte sie beißen, zerfleischen. Erschrocken floh die Frau – direkt in die Arme der Uralten, die auch die Bärin war. Die Frau hatte manchmal im Traum eine Bärin gesehen und erkannte diese Bärin in der Uralten. Und die Uralte nahm sie an der Hand und ging mit ihr zurück zur Kiste. Da legte sich das große schwarze Tier leise knurrend zu ihren Füßen nieder. Die Uralte schloss die Kiste auf und bedeutete der Frau hinein zu kriechen. Sie aber wäre am liebsten fortgerannt, denn sie glaubte darin einen noch viel größeren Schrecken zu finden, als das große schwarze Ungeheuer davor.
Die Alte aber legte ihr beruhigend die Hand auf die Schulter und sprach beruhigende Worte. Da fasste die Frau all ihren Mut zusammen und kroch in die Kiste hinein – und fand dort ein kleines, verlassenes Mädchen. Und sie spürte eine tiefe Liebe zu

diesem Kind und nahm es fest an ihr Herz. Sie wiegte es und sang ihm alle Lieder vor, die ihr nur einfallen wollten. Erst wehrte sich das kleine Mädchen, aber langsam, ganz langsam beruhigte es sich, langsam, ganz langsam ließ es sich halten, ließ sich berühren. Langsam, ganz langsam fasste es Vertrauen zu der Frau.

Ewig lange saßen die beiden in der Kiste, dann war das kleine Mädchen endlich bereit mit nach draußen zu kriechen. Erst einmal hatte es die Augen zukneifen müssen vor all dem Licht. Und plötzlich war wieder diese schöne hohe Frau da. Sie hat das kleine Mädchen angelächelt und zu ihm gesagt: „Übrigens, ich heiße Maria! Und ich will dir was zeigen – aber natürlich nur, wenn du willst!"

Die Kleine war neugierig und ist mit Maria mitgegangen und die Frau kam auch mit. Und sie sind ins Kino gegangen und haben dort einen Film angeschaut, von Drachen und so. Da wurde das kleine Mädchen ganz aufgeregt. „Darf ich auch auf so einem Drachen reiten?" hat es die Maria gefragt und die hat nur lächelnd mit dem Kopf genickt.

Da ist das kleine Mädchen – und ICH – aufgesprungen und beide sind wir in die Leinwand hinein gehüpft – direkt zwischen die Ohren eines mächtigen Drachen. Der hat sich mit gewaltigen Flügelschlägen in die Lüfte erhoben und ist mit uns beiden bis hierher geflogen!

Das Rosenschloss

Es war einmal ein Mädchen, dem waren Vater und Mutter gestorben und es fühlte sich so allein und verlassen, dass es meinte, sterben zu müssen. Es verließ das Dorf, indem es mit seinen Eltern gelebt hatte. Es lief lange und seine Augen waren blind vor Tränen, sodass es nicht merkte, wohin seine Füße es trugen. Als der Abend kam war das Mädchen vom Laufen und dem vielen Weinen so erschöpft und müde, dass es sich einfach ins Gras fallen ließ und beinahe eingeschlafen wäre. Doch da hörte es plötzlich ein Wispern und Raunen und sah in einiger Entfernung kleine bunte Lichter aufblinken. Zuerst war dem Mädchen bange, dann aber siegte seine Neugierde und es setzte sich auf und schaute genauer hin. Da vergaß das Kind allen Kummer und alle Müdigkeit, denn es sah wunderschöne, zarte, durchscheinende Wesen, die in allen Farben schimmerten. In weichen, fließenden Bewegungen schwebten sie über das Gras und kamen immer näher. Angeführt von einem Wesen in leuchtendem Rot, das etwas größer war als die anderen.

Inzwischen war die Sonne untergegangen und der Abendhimmel leuchtete in allen Farben, gerade so, wie die zarten, durchscheinenden Wesen. Diese waren nun bei ihm angekommen und umringten das Kind. Dem Mädchen war, als wollten sie ihm etwas sagen, aber es konnte keine Worte vernehmen. Aufmerksam verfolgte es die Gebärden der Schimmernden und verstand plötzlich, dass es ihnen folgen sollte. Vorsichtig stand das Kind auf und sogleich schwebten die lieblichen Wesen davon und das Mädchen folgte ihnen wie im Traum.

Langsam sank die Nacht herein und da erloschen all die buntfarbenen Lichter vor ihm und über zitterndem Gras lag nur noch ein feiner Nebelstreif. Das Mädchen hatte gar keine Zeit darüber traurig zu sein, denn am Horizont tauchte der volle Mond auf und warf seine silbernen Strahlen über Himmel und Erde. Wie verzaubert stand es da und dem Kind war, als würde es von seiner Mutter in eine warme Decke gehüllt. Glücklich sank es ins Gras und schlief sofort ein.

Wie lange das Mädchen geschlafen hat? Ich weiß es nicht. Vielleicht einen Tag, oder zwei, vielleicht auch drei. Als es schließlich erwachte, war es jedenfalls heller Tag und die Sonne stand hoch am Himmel. Das Mädchen setzte sich auf und sah nicht weit von sich eine Schlossmauer, die von einer Rosenhecke überwuchert war. Es ging darauf zu und hoffte, dahinter ein Schloss oder irgendein Haus zu finden, wo es vielleicht etwas zu essen bekäme, denn es verspürte großen Hunger. Auf der Suche nach einem Tor ging das Mädchen die Schlossmauer entlang. Zwischen den grünen Blättern der Hecke leuchteten rote Rosen und verströmten einen wunderbaren Duft. Plötzlich erinnerte es sich an den seltsamen Zug, dem es gefolgt war und an das schöne leuchtende Rot der Anführerin. „Vielleicht waren es Blumenelfen, die mich hierher geführt hatten", dachte das Mädchen. Da kam es an ein großes, schmiedeeisernes Tor. Und als das Kind durch das geschwungene Gitter schaute, sah es ein prächtiges Schloss, umgeben von einem wunderschönen Park, wie es noch nie einen gesehen hatte. Lange schaute das Mädchen hinein und fand nicht den Mut, das Tor zu öffnen. Aber schließlich nahm es sich ein Herz und griff nach der Klinke, doch das Tor war verschlossen. Sehnsüchtig blickte es hinein, als ein Flattern das Kind erschrocken zusammenfahren ließ. Direkt vor ihm landete eine weiße Taube. Sie hatte eine rote Rose im Schnabel und legte sie dem Mädchen vor die Füße. Dann gurrte sie aufgeregt, drehte sich ein paar Mal im Kreis, verbeugte sich und flog wieder davon.
Nachdenklich hob das Mädchen die Rose auf und dachte bei sich: „Ob das der Schlüssel zu dem Tor ist?" Und wirklich, kaum berührte es mit der Rose das Tor, so öffnete sich dieses wie durch Zauberhand und das Kind betrat ehrfürchtig den schimmernden Kiesweg, der zum Schloss führte. Die Rose aber hielt es fest in seiner Hand.

Als das Mädchen durch den Park ging war alles still. Kein Laut war zu hören und es war, als wäre alles Vogelgezwitscher, das Gesumme der Bienen und selbst das leise Flüstern des Windes vor dem Tor geblieben. Beklommen und zögernd ging das

Mädchen weiter. Die Luft war drückend und schwül, wie vor einem mächtigen Gewitter. Langsam bekam das Mädchen Angst und wollte schon umkehren, doch die Rose stach es mit ihren Dornen und das Mädchen dachte: „Vielleicht wollen die Blumenelfen, dass ich in dieses Schloss gehe?" und so nahm es all seinen Mut zusammen und ging weiter.

Im Schloss herrschte ein seltsames Dämmerlicht, und als sich die Augen des Mädchens daran gewöhnt hatten, sah es vor sich einen großen Saal. In der Mitte des Saales stand ein goldener Thron und auf dem Thron saß ein schöner junger König. Er sah aus wie lebendig, doch er rührte sich nicht und gab auch keine Antwort, als das Mädchen ihn scheu ansprach. Vorsichtig berührte es seinen Arm und erschrak, denn er fühlte sich hart und kalt an wie Stein.
„Vielleicht wollen die Blumenelfen dass ich ihn erlöse!" dachte das Mädchen, wusste aber nicht, wie es das anstellen sollte. „Vielleicht hilft auch hier die Rose?" überlegte es und wollte den Versteinerten damit berühren. Doch die Rose in seiner Hand war verwelkt und ganz braun geworden. Weinend lief es aus dem Schloss und wollte eine neue blühende Rose holen, Doch das Tor war verschlossen und es konnte nicht mehr hinaus. Da ging das Mädchen wieder in das Schloss zurück und überlegte, was es jetzt wohl tun könnte. Und weil ihm nichts einfiel ging es erst einmal durchs ganze Schloss, schaute in alle Säle und Kammern und staunte über die Pracht und den Reichtum, den es da sah. Ganz am Ende fand es eine kleine verborgene Kammer. Fast wäre es an dieser Tür vorbeigegangen, so unscheinbar war sie. Das Mädchen trat ein und blieb vor Schreck wie angewurzelt stehen, denn in der Kammer lag ein großer grauer Hund, der aufsprang und knurrend seine Zähne fletschte. Da aber weiter nichts geschah, merkte das Mädchen, dass der Hund angekettet war. Vor seiner Schnauze aber, gerade soweit, dass er sie nicht erreichen konnte, stand eine Schüssel mit Wasser.
Das Mädchen fand das so unmenschlich, dass es seinen ganzen Schrecken und seine Angst vergaß und ohne lange zu überlegen dem Hund die Schüssel mit dem

Wasser hinschob. Da heulte das Tier auf, so dass das ganze Schloss erbebte und das Mädchen vor Schreck in Ohnmacht fiel.

Als es wieder zu sich kam, stand der junge König vor ihm und reichte ihm lächelnd die Hand. „Dein Mitleid mit dem Hund hat uns alle erlöst!" sprach er dankbar und führte es in den prächtigen Saal mit dem goldenen Thron. Dort trat eine schöne Frau auf das Mädchen zu, nahm es liebevoll in die Arme und sprach: „Ein böser Zauberer hatte mich und meinen Gemahl verwünscht, weil wir seine Machenschaften durchschaut und ihn des Landes verwiesen hatten. Meinen Gemahl hat er versteinert und mich verwandelte er in die Rosenhecke vor dem Schloss. Seinen alten Vater aber verwandelte er in diesen armen Hund, der qualvoll sterben sollte. Nach seinem Tod wäre keine Erlösung mehr möglich gewesen. Nur wenn jemand käme und Mitleid mit ihm hätte, könnte der Zauber gelöst werden. Du warst das erste Lebewesen, das sich seit der Verwünschung unserem Schloss genähert hat und so habe ich die Blumenelfen gebeten dich zu holen. Auch die weiße Taube, die in der Rosenhecke nistete, war bereit zu helfen, so bist du hierhergekommen und dein gutes Herz hat uns alle erlöst! Ich weiß gar nicht, wie wir dir dafür danken können!"

Und das Mädchen antwortete leise: „Wenn ich bei euch bleiben könnte, wäre ich sehr froh, denn ich habe keine Eltern und kein Zuhause mehr." Da wurde es mit großer Liebe aufgenommen und das Rosenschloss wurde seine neue Heimat.

Der Vater des Königs aber wurde noch uralt und das Mädchen liebte ihn, wie man einen Großvater nur lieben kann. Er war immer für sie da und stand ihr, solange er lebte, mit Rat und Tat zur Seite. Und da er sehr weise war, folgte sie gerne seinem Rat und hat es nie bereut.

Gänseblümchen

Zu Zeiten, als es auf der Welt noch ein wenig anders zuging wie heute, da lebte ein Kaufmann mit seiner Frau und seinen sieben Kindern in einem schönen Haus, mitten in einer großen Stadt. Die vier älteren Kinder waren Töchter, die drei jüngeren Söhne. Schön waren sie und klug und von freundlichem Wesen. Sie lachten und sangen viel und von morgens bis abends war das Haus erfüllt mit ihrem fröhlichen Lärm. Die Eltern waren froh und stolz über ihre Kinderschar.

Da geschah es, dass eine böse Krankheit in der Stadt wütete und viele Bewohner dahinraffte. Auch der Kaufmann und seine Frau wurden krank und starben. Alle Bewohner, die von der Krankheit verschont geblieben waren, hatten fluchtartig die Stadt verlassen, und so fanden die Kinder niemanden, der ihre Eltern hätte begraben können. Da machten sie sich selbst daran und schaufelten im Garten ein Grab, legten ihre Eltern hinein und schworen sich, einander immer beizustehen und sich nie zu verlassen, was auch immer geschehen möge. Dann verschlossen sie das Haus und verließen die Stadt.

Lange gingen sie und die Älteren trugen die Jüngsten, die bald nicht mehr laufen konnten. Als es Abend wurde, sahen sie sich nach einer Herberge um. Schon bald erblickten sie in einiger Entfernung ein Haus mit erleuchteten Fenstern, gingen darauf zu und klopften an.
„Kommt nur herein, ich habe schon auf euch gewartet!" rief eine tiefe Stimme. Die Kinder wunderten sich, dass sie schon erwartet wurden und traten ein. Ein alter Mann saß in der Stube und bedeutete ihnen näher zu kommen. Scheu blieben sie im Raum stehen, bis der Alte sie aufforderte: „Was steht ihr so herum, jetzt setzt euch doch!" Dann trug er ihnen ein Essen auf, und weil sie alle sehr hungrig waren, griffen sie voller Freude zu. Dann bedankten sie sich bei dem Alten und fragten, ob

sie über Nacht bleiben könnten. Der nickte nur mit dem Kopf und führte sie eine steile Treppe nach oben. Dort fanden sie sieben kleine Kämmerchen und in jedem stand ein frisches Bett. Noch einmal bedankten sich die Kinder bei dem Greis, schlüpften in die Betten und waren im Nu eingeschlafen.

Als am sie nächsten Morgen erwachten stand für die Kinder in der Stube schon ein Frühstück bereit. Doch als sie sich zum Essen setzten, merkten sie, dass das jüngste Brüderchen fehlte. Sie liefen nach oben, um es zu holen, aber sie fanden es nicht. Und wie sie so alle Kammern durchsuchten, sahen sie, dass es nur noch sechs waren. Da wurde den Kindern ganz unheimlich zumute, doch sie ließen sich nichts anmerken und setzten sich wieder an den Tisch.

Nach dem Frühstück sprach der Alte: „Da ihr nun schon hier seid, könnt ihr auch bleiben und mir altem Mann ein wenig zur Hand gehen. Im Haus und im Garten gibt es immer viel zu tun."

Die Älteste aber fasste sich ein Herz und fragte nach dem jüngsten Brüderchen. Doch der Greis antwortete: „Von eurem Brüderchen weiß ich nichts und euch Kinder hab' ich nicht gezählt." Da schwieg sie still und schwor sich, in der nächsten Nacht gut aufzupassen.

Der Alte gab den Kindern Arbeit. Eines musste das Haus fegen, das andere Holz hacken, das dritte Wasser holen, das vierte Unkraut jäten, das fünfte die Hecke schneiden und das sechste die Gänse hüten.

Auch an diesem Abend kochte der Alte den Kindern eine gute Suppe. Als sie satt waren und schlafen gingen, nahm sich die Älteste heimlich eine Kerze und Zündhölzer mit. Sie wollte wach bleiben und auf ihre Geschwister achtgeben. Doch schon bald fielen ihr die Augen zu und im Nu war sie eingeschlafen.

Als sie sich am nächsten Morgen zum Frühstück wieder an den Tisch setzten, merkten sie mit Entsetzen, dass nun auch das zweitjüngste Brüderchen fehlte. Und als sie es oben suchten, waren nur noch fünf Kammern da und von dem Brüderchen weit und breit nichts zu sehen. Den Kindern wurde nun angst und bang und sie wären am liebsten geflohen, aber die Älteste sagte: „Ohne die beiden

Brüder gehe ich nicht von hier fort. Wir müssen herausfinden, wo sie geblieben sind!"

Der Greis aber, nach dem Verschwinden des Brüderchens befragt, wusste wieder von nichts und wie viele Kinder er beherberge. Da schwor sich die Älteste, noch besser aufzupassen und die ganze Nacht kein Auge zu zutun. Aber es half nichts, sobald sie in ihrem Bett lag, fielen ihr die Augen zu und sie schlief tief und fest bis zum Morgen. Da fehlte der dritte Bruder und es waren nur noch die vier Töchter des Kaufmanns übrig. Sie mussten den ganzen Tag hart arbeiten, da sie auch die Arbeit der Brüder zu erledigen hatten.

Die Mädchen wussten nun, dass der Alte ein böser Zauberer war und dass sie ihm nicht entkommen konnten. Die Älteste aber tröstete die anderen und versprach in dieser Nacht nicht mehr einzuschlafen. Sie bat ihre Schwestern den Alten abzulenken, damit sie ihre Suppe heimlich wegschütten könne, denn sie vermutete, dass auf dem Essen ein Zauber lag, der sie alle so tief und fest schlafen ließ.

Und so geschah es. Eine der Jüngeren tat beim Essen plötzlich so, als hätte sie sich verschluckt und wollte gar nicht mehr aufhören zu husten. Die beiden anderen sprangen auf, um ihr beizustehen und baten den Alten um ein Glas Wasser. Als dieser ärgerlich aufstand und sich umdrehte, goss die Älteste schnell die Suppe zurück und aß auch vom Brot nichts, das er immer dazu reichte. Und wirklich! Diesmal schlief sie nicht ein und schickte ein Gebet zum Himmel, dass sie herausfinden möge, was mit ihren Brüdern geschehen war.

Sie wartete bis im Haus alles still war, zündete dann die Kerze an und schlich vorsichtig die Treppe hinunter. Vor der Stubentür lauschte sie gespannt und da sie keinen Laut vernehmen konnte, huschte sie schnell zur Eingangstür hinaus. Da sah sie auf der Wiese die Gänse, die sie tagsüber hatte hüten müssen. Sie hatten ihre Köpfe unter die Flügel gesteckt und schliefen. Der Mond schien hell und ihr weißes Gefieder leuchtete. Drei der Gänse aber hatten sie bemerkt und kamen neugierig näher. Und plötzlich sprach eine mit menschlicher Stimme: „Gottseidank, du bist es, unsere Schwester! Bitte hilf uns! Der alte Mann ist ein Hexenmeister und hat uns in Gänse verwandelt, auch die anderen Gänse sind verwunschene Kinder. Einmal in der Woche schlachtet er welche und verkauft sie in der Stadt!"

„Aber wie kann ich euch und den anderen helfen"? fragte die Älteste. Und ihre Brüder antworteten: „Du musst uns von dem Brot geben, das der Zauberer bäckt, aber wir wissen nicht, wo er es aufbewahrt. Aber du musst es schnell finden, denn er kommt bald zurück!"

Schnell weckte sie die drei jüngeren Schwestern und gemeinsam suchten sie im ganzen Haus nach dem Brot. Endlich hatten sie es gefunden und streuten es den Brüdern und den anderen Gänsen hin, gerade rechtzeitig, denn schon kam der alte Mann zurück. Als er sah, dass alle Kinder wieder ihre menschliche Gestalt hatten, tobte er vor Zorn, aber er hatte keine Macht mehr über sie. Er wollte schnell ins Haus, doch die Kinder hinderten ihn daran. Sie banden ihn mit einem Strick und zwangen ihn, von seinem Brot zu essen. Da wurde er zu einem Gänserich und die Kinder jagten ihn davon. Dann verschlossen sie das Haus und alle zusammen kehrten in die Stadt zurück. Die böse Krankheit war vorbei und auch die Bewohner, die geflohen waren, kamen ebenfalls zurück.

Nun lebten die sieben Kinder des Kaufmanns wieder im Haus ihrer Eltern. Die Älteste übernahm das Geschäft ihres Vaters und die Geschwister halfen ihr dabei, so gut ein jedes konnte. Bald wurde ihr Laden weit über die Stadt hinaus bekannt, nicht nur wegen der guten Waren und der günstigen Preise, sondern auch, weil sich herumgesprochen hat, dass dort immer etwas los war – kein Wunder bei so vielen Kindern. Und sie hielten, was sie sich versprochen hatten: keines ließ jemals das andere im Stich!

Auf der Wiese weit draußen vor der Stadt aber wuchsen viele kleine weiße Blumen, es waren einst kleine weiße Daunenfedern, die die Kinder als Gänse dort verloren hatten. Und bis heute nennt man sie Gänseblümchen. Eine Zeit lang sah man dort noch einen Gänserich, der die Blumen abweidete und eines Tages verschwunden war. Und wenn du mich fragst: er ist sicher gestorben – so alt wie der war.

Die kleine Waldelfe

Eine kleine Elfe – sie gehörte dem Volk der Waldelfen an – saß auf einem großen Stein am kleinen Waldsee und weinte bitterlich, denn sie hatte ihren besten Freund und Spielkameraden verloren. Er befand sich in der Gewalt eines Menschenkindes und Jiri – so hieß die kleine Elfe – wusste nicht, ob ihr Freund Jona noch lebte. Sie hatten sich, wie schon so oft in Schmetterlinge verwandelt, um mit ihnen zu spielen und um die Wette zu gaukeln, als Jona plötzlich mit einem Netz gefangen und fort getragen wurde. Seither saß Jiri auf dem Stein und weinte.
Da war ihr mit einem Mal, als würde sie nicht allein weinen. Sie hielt inne und lauschte – und wirklich, da weinte noch jemand. Neugierig schaute sie sich um und gewahrte zwei kleine Schwertlilien – ihre Lieblingsblumen, ganz in ihrer Nähe, am Ufer des Sees. Jiri vergaß für einen Augenblick ihren Kummer und flog zu den beiden hin. „Was ist geschehen, dass ihr so weinen müsst"? fragte die kleine Elfe.
„Ach, kleine Elfe", sprach die größere von ihnen, „wir weinen, weil wir verzaubert wurden, denn eigentlich sind wir Königskinder. Vor Schreck waren wir wie gelähmt und erst durch dein Weinen konnten wir endlich auch weinen. Unser Vater, der König, hat uns verboten in diesen Wald zu gehen. Dies sei ein Zauberwald, hat er immer wieder gesagt. Und keiner der hinein geht, kommt wieder heraus. Aber wir haben nicht auf ihn gehört und wollten unbedingt in diesem verbotenen Wald spielen. Wir hatten nicht geglaubt, dass dieser schöne Wald wirklich gefährlich sein soll. Aber plötzlich wurden wir in diese Blumen verwandelt und wissen nicht wie

und warum und unsere Eltern werden sich bestimmt große Sorgen machen, wenn wir nicht mehr heim kommen."

Jiri hatte großes Mitleid mit diesen beiden verzauberten Königskindern und versprach ihnen zu helfen. Sie wusste auch schon, an wen sie sich wenden musste, denn sie war überzeugt, dass die Feenkönigin, die über diesen Wald und alle seine Bewohner herrschte, die beiden Kinder verzaubert hatte. Diesen Feenwald, in dem ja auch ihr Volk der Waldelfen wohnte, durfte wirklich kein menschliches Wesen betreten und wer es dennoch tat, wurde von den Feen verzaubert.

Und so flog die kleine Elfe so schnell ihre kleinen goldenen Flügel es erlaubten, zum Schloss der Feenkönigin. Es lag in der unterirdischen Welt aber die kleine Elfe kannte den Eingang. Die Wächter bemerkten sie gar nicht, denn sie waren gerade mit dem Essen beschäftigt. Und so kam sie ungesehen zum Schloss. Jiri hatte Glück, denn die Feenkönigin ging gerade in ihrem Garten spazieren und so flog sie ihr einfach auf die Schulter und flüsterte ihr ins Ohr: „Ich komme mit einer großen Bitte liebe Feenkönigin, hört mich an!"

„Dein Mut ist groß, kleine Elfe, dass du es wagst, mich zu stören! Ich hoffe für dich, dass dein Anliegen wirklich sehr wichtig ist! Also ich höre."

„Ich finde es ja richtig, dass die Menschen unseren Wald nicht betreten dürfen – aber könnt ihr bei den beiden Königskindern, die jetzt Schwertlilien am kleinen See sind, nicht eine Ausnahme machen und sie wieder zurückverwandeln? Es ist so schlimm, jemanden zu verlieren, den man lieb hat, das habe ich gerade selbst erfahren und deshalb bitte ich von ganzem Herzen, habt Erbarmen und löst den Zauber von den beiden, damit sie zu ihren Eltern zurück kehren können!"

„Dass du dich für die beiden Kinder einsetzt, ehrt dich, kleine Elfe, aber sie haben Böses getan und den Frieden des Waldes gestört. Die Strafe, die ich dafür über sie verhängt habe, ist nur gerecht. Das größere Kind von den beiden, der Prinz, hat dort am See Schmetterlinge gejagt und gefangen. Es macht ihm großen Spaß, diese bei lebendigem Leib aufzuspießen und in einen Kasten zu stecken. Dort müssen sie dann qualvoll sterben. Solange er sich diesen Frevel außerhalb unserer Grenzen erlaubte, konnte ich ihn dafür nicht bestrafen, aber nun hat er sich erdreistet, dies auch in meinem Reich zu tun! Und so ist die Strafe nur gerecht. Das kleinere Kind, die Prinzessin reißt gerne Blumen ab und wenn sie dann keine Lust mehr hat, sie bis ins Schloss zu tragen, wirft sie diese einfach weg und sie müssen jämmerlich zugrunde gehen. Und als Elfe weißt du, wie schmerzhaft es für Blumen ist, abgerissen zu werden. Es tut ihnen weniger weh, wenn sie spüren, dass sie den Menschen in ihrem Zuhause eine große Freude bereiten. Glaubst du immer noch, dass ich bei diesen beiden Kindern – auch wenn es Königskinder sind, eine Ausnahme machen soll?"

Da ließ die kleine Elfe ihren Kopf und ihre Flügel hängen – umso mehr, als sie plötzlich den Verdacht hegte, dass gerade dieser Junge ihren Freund gefangen hatte. Und sie dachte lange nach. Dann aber sagte sie zur Feenkönigin: „Wenn die beiden ihren Frevel bereuen und versprechen, es nie wieder zu tun, lässt du sie dann frei?"

„Ach meine kleine Elfe! Du weißt es noch nicht besser – aber das Versprechen, das die Menschen geben, ist im Grunde nichts wert, denn zu schnell haben sie es wieder vergessen!"

Jiri dachte einige Zeit nach, dann sprach sie: „Vielleicht hat der Junge meinen Freund Jona gefangen, als wir uns in Schmetterlinge verwandelt hatten und ich wüsste gerne, wo er ihn gefangen hält und ob er noch lebt. Doch als Blume kann er mich nicht zu ihm führen. Bitte, liebe Feenkönigin, lass es mich versuchen! Vielleicht kann ich die beiden Kinder dazu bringen, dass sie so etwas Schlimmes nie wieder tun und es dann auch ihrem Menschenvolk weitersagen!"

„Nein, kleine Elfe, ich traue den Menschen nicht und das ist mein letztes Wort!" Die Feenkönigin scheuchte sie von ihrer Schulter und bedeutete ihr, zu verschwinden.

Jiri flog zu den beiden Blumen zurück und erzählte den Kindern, was sie von der Feenkönigin erfahren hatte. Da ließen die beiden ihre Köpfe hängen und waren tief beschämt. Endlich sagte der Prinz: „Ich wusste nicht, dass ich etwas Schlimmes tat, wenn ich Schmetterlinge fing, alle meine Vorfahren jagten nach seltenen Schmetterlingen und wir haben im Schloss schon eine große Sammlung. Keiner hat mir gesagt, dass das Unrecht sei. Es kann sein, dass ich deinen Freund gefangen habe. Irgendwo hier in der Nähe müsste noch meine Tasche liegen, darin befindet sich das Glas, in dem die Schmetterlinge gefangen sind. Aber ich befürchte, dass du den Deckel nicht auf bekommen wirst, so klein wie du bist."

Und die Prinzessin weinte noch mehr und versprach, nie wieder Blumen zu pflücken, denn sie hatte ja nicht gewusst, wie weh sie ihnen damit tat. Aber jetzt, wo sie doch selbst eine Blume war, konnte sie sich das gut vorstellen.

Da fragte Jiri die beiden ernst: „versprecht ihr mir bei eurem Leben, dass ihr alle Pflanzen und Tiere in Zukunft achten werdet und keinem mehr etwas zu leide tut, denn sie fühlen den Schmerz, so wie ihr!

„Das versprechen wir dir bei unserem Leben!" riefen die beiden Königskinder.

„Dann werde ich versuchen, euch zu erlösen, denn auch wir Elfen können ein bisschen zaubern", versprach nun die kleine Elfe. Dann flog sie wieder fort, diesmal zu ihrem eigenen Volk.

Die Elfenkönigin war gerne bereit zu helfen, als ihr Jiri erklärt hatte, worum es ging. Und alle Waldelfen flogen zusammen mit der kleinen Elfe zum Waldsee und sie umschwirrten die verzauberten Königskinder und streuten ihr feines, goldenes Zauberpulver auf die beiden. Und was der kleinen Elfe allein nicht gelungen wäre, das gelang ihnen gemeinsam. Sie konnten den Zauber der Feenkönigin brechen.

Wie froh waren die Kinder! Der Prinz lief sogleich los und suchte seine Tasche. Schon bald hatte er sie gefunden und wirklich, im Glas befand sich Jona, der inzwischen wieder seine Elfengestalt angenommen hatte. Aber er war so schwach, dass er sich kaum mehr bewegen konnte. Ihr könnt euch vorstellen, wie glücklich die kleine Elfe war, als sie ihren Freund wieder hatte und durch das Zauberpulver der Elfen war er schnell wieder wohlauf.

Jiri aber mahnte die beiden Kinder, ihr Versprechen ja nicht zu vergessen und ganz schnell aus dem Wald zu verschwinden, bevor die Feenkönigin etwas bemerkte. Das ließen sich die Beiden nicht zweimal sagen und sie liefen so schnell sie konnten aus dem Wald.

Ja, und sie haben ihr Versprechen gehalten – bis heute, denn auch ihre Kinder und Kindeskinder achten seither die Tiere und Pflanzen und tun ihnen nichts zuleide. So hatte die kleine Elfe Recht behalten.
Und die Feenkönigin? Die hatte wohl erfahren, dass das Elfenvolk ihren Zauber gelöst hatte, aber da sie klug war und ihr der Frieden im Reich mehr bedeutete als die beiden Kinder, hat sie so getan, als wüsste sie von nichts.

Feenstaub

Das Apfelbäumchen

Alle Gräser, Blumen, Sträucher und auch die großen Bäume kommen – ja ganz genau! – aus einem winzig kleinen Samen. Und ihr kennt doch sicher so einen kleinen Apfelkern und wenn man ihn in die Erde legt, kann es geschehen, dass eines Tages an dieser Stelle ein kleines Bäumchen hervorwächst.

Ja, und eines Tages ist tatsächlich ein kleines Apfelbäumchen gewachsen – dort, wo ich vor zwei Jahren einige Apfelkerne in die Erde gelegt hatte, draußen auf der Wiese, wo schon ein Kirschbaum, ein Zwetschgenbaum und ein Birnenbaum standen.
Jeden Tag ging ich hinaus und begrüßte voller Freude das kleine Bäumchen und wusste, dass es erst nach vielen Jahren die ersten Äpfel tragen würde. So staunte ich nicht schlecht, als ich an einem Frühlingstag sah, wie das Bäumchen, das mir gerade etwas über die Knie reichte, vier wunderschöne Blüten trug. Und wie traurig war ich, als am nächsten Morgen die vier Blüten erfroren am Boden lagen. Aber dann …

Eine Amsel hat mir die Geschichte von meinem kleinen Apfelbäumchen verraten, weil ich ihr im Winter immer schönes Futter streue – und an manchen besonderen Tagen verstehe ich die Vogelsprache. So ein besonderer Tag ist für mich der 1. Mai, denn in der Nacht vom 30. April zum 1. Mai steht nämlich die Tür zum Feenreich offen und wenn man sich nicht fürchtet und es leise und voller Respekt betritt, kann es geschehen, dass man ein bisschen vom Feenstaub erwischt, der dort immer wie ein Mückenschwarm in goldenen Schwaden durchzieht. Das ist sozusagen das Geschenk der Feen an diejenigen, die um ihr Reich noch wissen und es in Ehren halten. Und mit diesem Feenstaub im Haar kann man dann am nächsten Tag die

Sprache der Vögel verstehen. So kam es, dass ich von der Geschichte meines Apfelbäumchens erfuhr:

Als es schon etwas gewachsen war, da wollte es unbedingt so schöne Blüten tragen, wie der Kirschbaum. Es wurde ganz ärgerlich, als der Kirschbaum zu ihm sagte: „Du bist doch noch viel zu klein, um Blüten zu tragen – außerdem wirst du nie so schöne Blüten haben wie ich." Und als im Sommer der Kirschbaum voller roter Kirschen hing, da wünschte es sich sehnlich auch so schöne rote Früchte zu tragen. Und wieder sagte der Kirschbaum zu ihm: „Du bist noch viel zu klein, um Früchte zu tragen, außerdem wirst du nie so schöne rote Früchte haben wie ich."

Es wurde Winter und das kleine Apfelbäumchen schlief, so wie alle Bäume im Winter schlafen und ihm träumte von einem wunderschönen Blütenkleid, träumte, wie es von Bienen umsummt und von Schmetterlingen umschwärmt war. Und als es im Frühling erwachte, da war seine Sehnsucht, endlich Blüten zu tragen so groß, dass es meinte, sein Herz müsste ihm zerspringen – ja auch Bäume haben ein Herz – und siehe da! Diese große Sehnsucht trieb vier zarte weiß-rosa Blüten hervor, so schön, so duftend – das Apfelbäumchen konnte es kaum fassen und es fand, dass seine Blüten noch viel schöner waren, als die vom Kirschbaum.
Doch dann kam in der Nacht noch einmal Väterchen Frost – er hatte immer Mühe einzusehen, dass seine Zeit endgültig vorbei war – und hauchte alles mit seinem eisigen Atem an. Der Kirschbaum kannte dessen Tücken wohl und so schloss er nachts seine Blüten, so dass sie wie in kleine Pelzchen gehüllt, die kalte Nacht überstanden. Aber das kleine Apfelbäumchen war ja viel zu unerfahren und eigentlich mit seinen Blüten noch viel zu früh dran – denn die Apfelblüte kommt ja immer erst nach der Kirschblüte – und so erfroren seine vier Blüten im eisigen Hauch von Väterchen Frost.

Als das Apfelbäumchen am nächsten Morgen sah, dass seine schönen Blüten abgefallen waren, da wollte es am liebsten auch sterben und es weinte – es weinte so sehr, dass sich sogar ein Stein hätte erweichen lassen.

Um wie viel mehr also die Sonnenfee, die gerade auf dem Rückflug ins Feenreich war. Jeden Tag im Frühling, noch vor Sonnenaufgang machte sie ihre Runden um die Wiesen und Wälder, um zu sehen, ob alles in bester Ordnung war. Sie wusste um das Treiben von Väterchen Frost und half so manchen Blumen und Blüten, die von seinem eisigen Atem angehaucht waren, wieder ins Leben. Als sie zu der Wiese kam und das Apfelbäumchen so weinen hörte, kam sie sofort herbei. Sie versuchte es zu trösten – aber das Apfelbäumchen in seinem Kummer sah und hörte die Fee nicht. Erst als sie dreimal um das Bäumchen herumgeflogen war und es in seinen goldenen Feenstaub eingehüllt hatte, merkte es auf und es wurde ihm so warm und froh zumute – und da sah es die Sonnenfee.

Das Apfelbäumchen staunte, es kannte inzwischen Bienen und Schmetterlinge, auch Ameisen und Käfer – aber ein so liebliches und zartes Wesen hatte es noch nie gesehen. Und während es so stand und staunte, hob die Sonnenfee die abgefallenen Blüten vom Boden auf, hauchte sie an, streute etwas von ihrem Goldstaub darüber und steckte sie dem Bäumchen wieder an – einfach so! Das Apfelbäumchen wusste gar nicht wie ihm geschah und wäre es ein Mensch gewesen, so wäre es der Sonnenfee sicher voller Freude um den Hals gefallen. Es bedankte sich tausendmal und versprach, von nun ab auf seine Blüten gut achtzugeben. Und das hat es auch getan. In jeder Nacht hat es seine vier Blüten fest geschlossen und sie erst geöffnet, wenn die warmen Sonnenstrahlen sie berührten.

Und so staunte ich nicht schlecht als ich am darauffolgenden Morgen das Apfelbäumchen wieder blühen sah und als mir die Amsel die Geschichte erzählt hatte, da wusste ich ja auch warum. Und ihr könnt euch die Freude des kleinen Apfelbäumchens vorstellen, als im Herbst vier schöne rote Äpfel in seinen Zweigen hingen – und es fand, dass seine Früchte noch viel schöner waren als die des Kirschbaums – und viel größer noch dazu.

Und ich erst – noch nie haben mir Äpfel so gut geschmeckt, wie diese vier in jenem Herbst.

Über die Autorin:

1944 in Bregenz, Österreich, geboren lebt Silvia Hein seit 1969 in Deutschland und sei 1981 in München. Sie ist professionelle Märchenerzählerin, Referentin und Seminarleiterin in der Erwachsenenbildung und Heilpraktikerin für Psychotherapie.

Als Märchenerzählerin, Therapeutin und Poetin folgt sie "den Bildern der Seele". Ihre Märchen, Geschichten und Gedichte, die wie Träume aus den Tiefen der Seele aufgetaucht sind, empfindet sie als Geschenk, das weitergegeben werden möchte.

Ihre langjährige Erfahrung als Märchenerzählerin und die intensive Beschäftigung mit Märchen, Mythen und Träumen halfen ihr ein tiefes Verständnis der archetypischen Ebene zu bekommen, die tief in das kollektive Unbewusste (C.G. Jung) reicht. Auf dieser bildhaften, assoziativ-intuitiven Ebene erfährt sie sich nicht nur als Begleiterin, oder Dolmetscherin der Bildersprache, sondern auch als Pfadfinderin im „weißen Land der Seele", und immer auch als Lernende.

„In dieser Arbeit wachsen wir gemeinsam, sie nährt und heilt auf einer tiefen Ebene und lässt mich immer in großer Dankbarkeit zurück." (Silvia Hein)

Als Bühnenerzählerin hat sie sich inzwischen einen Namen gemacht. Sie verbindet auf ihre eigene Weise die Erzähl-Kunst mit der Heil-Kunst. Ihre umfassende Kreativität drückt sich in ihren Märchen, Gedichten und Zeichnungen aus.

Homepage: www.seelenraeume.com

Vergiss nicht

Vergiss nicht
du lebst!
Aus der Fülle
verschwende dich
bist du offen
fließt dir
tausendmal
wieder
zurück!

Vergiss nicht
du stirbst!
zur neuen Geburt
den Körper verlassend
verschließe dich nicht
vor der
Unendlichkeit
des Seins!